LAISHI DE LU

来时的路

亲历者讲述红色故事

鄂豫边的
革命斗争

张 震 等◎著

耿志广 马光勇 邓 平◎编

中国文史出版社

图书在版编目（CIP）数据

鄂豫边的革命斗争 / 张震等著；耿志广，马光勇，邓平编 . -- 北京：中国文史出版社，2024.12.
（来时的路：亲历者讲述红色故事 / 朱冬生主编）.
ISBN 978 - 7 - 5205 - 4899 - 1

Ⅰ. I251

中国国家版本馆 CIP 数据核字第 2024GJ1964 号

责任编辑：金　硕　胡福星

出版发行：**中国文史出版社**
社　　址：北京市海淀区西八里庄路 69 号　　邮编：100142
电　　话：010 - 81136606/6602/6603/6642（发行部）
传　　真：010 - 81136655
印　　装：廊坊市海涛印刷有限公司
经　　销：全国新华书店
开　　本：700mm × 1000mm　1/16
印　　张：14.75
字　　数：141 千字
版　　次：2025 年 1 月北京第 1 版
印　　次：2025 年 1 月第 1 次印刷
定　　价：69.00 元

丛书编委会

总　主　编　朱冬生

执 行 主 编　史延胜　金　硕

执行副主编　吕　鹏　任德才　左厚锋

编　　　者　庞召力　孙召鹏　丁　伟　杨顺雨

　　　　　　彭　曾　倪慧慧　冯长青　牛胜启

　　　　　　冯华安　刘英芳

出版说明

选题缘起

一是贯彻落实习近平总书记提出的"要讲好党的故事、革命的故事、根据地的故事、英雄和烈士的故事，加强革命传统教育、爱国主义教育、青少年思想道德教育，把红色基因传承好，确保红色江山永不变色"重要指示精神，深入挖掘红色资源，丰富精神宝库。"采取青少年喜闻乐见、易于接受的形式"，讲好"四个故事"、加强"三个教育"，以高度的历史自觉培育有理想、有本领、有担当的时代新人。抚今追昔、鉴往知来，不忘初心、牢记使命，始终牢记"我们走得再远都不能忘记来时的路"，让信仰之火熊熊不息。

二是引导人们树立正确的历史观。中国共产党百年非凡奋斗历程为我们留下了丰厚的精神遗产，随着时间的推移，现阶段人们尤其是年青一代对当年那一段血与火的历史已渐感陌生；网络时代媒体传播的多元化，极大丰富了人们的信息资源，但在一定程度上也干扰了人们对历史的正确认知，特别是关于党史和军史，存在不准确甚至不正确的史料传播。本丛书旨在通过收集和整理史料，让历史说话，用史实发言，为人们树立正确历史观提供翔实资料。

三是文史资料再开发的尝试。现存的权威军史资料大都时日已长，为防止宝贵的红色资源湮没在历史尘埃中，迫切需要对其进行深度挖掘、梳理整合，以"亲历、亲见、亲闻"的"三亲"史料的形式，让红色资源以新的体系、新的样态呈现在世人面前，更好地发挥教育功能。

编选原则

一是坚持正确的政治立场。牢牢坚持党性原则，牢牢坚持马克思主义新闻观，牢牢坚持正确舆论导向，牢牢坚持正面宣传为主。

二是主题鲜明。丛书反映了中国共产党团结带领中国人民，以"为有牺牲多壮志，敢教日月换新天"的大无畏气概，书写了中华民族几千年历史上最恢宏的史诗；展现了坚持真理、坚守理想，践行初心、担当使命，不怕牺牲、英勇斗争，对党忠诚、不负人民的伟大建党精神。

三是史料权威。丛书内容来源于《中国人民解放军历史资料丛书》《中国抗日战争军事史料丛书》《中国工农红军长征史料丛书》所收录的文章及老一辈革命家的回忆录等。涉及党内路线斗争的题材概不收入；涉及犯有重大错误的人员的情况只做客观描述，不做评述；理论性较强，不便于一般读者理解的文章慎重选录。

四是注重"三亲"性。所选文章紧扣"亲历、亲见、亲闻"的特点，内容感人至深、思想丰富深刻、语言通俗易懂，为加强红色资源的故事化提供生动范例，做到知识灌输与情感培养并举。

卷册专题划分

一是在纵向上按照中国革命的历史进程，讲述了土地革命战争时期、抗日战争时期、解放战争时期及新中国成立初期的党史和军史故事。

二是在横向上各个历史时期再按区域或按部队序列进行分述。如土地革命战争时期的各地武装起义，按照当年武装起义比较集中的地区，如湘赣、湘鄂西、鄂豫皖、苏浙闽沪、陕甘等分别编辑成册。抗日战争时期，按照八路军第一一五师、第一二〇师、第一二九师、新四军、华南抗日游击队、东北抗日联军等分别编辑成册。解放战争时期，按照第一、第二、第三、第四野战军和华北军区部队，以及剿匪斗争、策动国民党军起义投诚等分别编辑成册。后勤工作、军队院校等特殊领域，单独成册。

囿于文史资料的自身特点，作者个人身份立场、视野角度不同，一些人撰稿时年事已高、事隔经年，记忆恐有偏差，细节难求完全准确，有意偏重或弱化亦难避免。对此，我们力求维持原貌，体现多说并存，只对一些显而易见的讹误进行了谨慎订正。诚然如此，由于我们能力水平和主客观条件的限制，难免有疏漏之处，恳请广大读者批评指正！

编　者

2024 年 6 月

本 书 提 要

　　从 1934 年下半年到 1937 年全民族抗战爆发，红军主
力相继战略转移后留在长江南北的一部分红军和游击队，
在党的领导下，在人民群众的支持下，展开了艰苦卓绝的
游击战争。1934 年 10 月，中央红军主力撤出根据地时，
中共中央决定成立苏区中央分局和中央军区，以项英为分
局书记兼军区司令员和政治委员。成立以陈毅为主任的中
华苏维埃共和国中央政府办事处。在项英和陈毅的率领
下，留在根据地的部队在策应、掩护了主力红军战略转移
之后，进行分散突围，开展游击战争。由于众寡悬殊，也
遭受重大损失。与此同时，在闽北、闽东、闽中、闽粤
边、皖浙赣、浙南、湘南、湘鄂赣、湘赣、鄂豫皖边、鄂
豫边以及琼崖等地区，党组织和红军游击队也都紧紧依靠

群众，开展了不屈不挠、英勇顽强的游击斗争。面对国民党当局频繁的军事"清剿"和严密的经济封锁，南方各游击区的红军和游击队采取灵活机动的游击战术和巧妙的斗争策略，同敌人周旋。他们经常出没于崇山峻岭和茅草密林之间，昼伏夜行，风餐露宿，艰苦备尝。在全民族抗战爆发后，南方八省保存下来的红军和游击队改编为国民革命军新编第四军（简称"新四军"），成为活跃在大江南北抗日前线的一支重要武装力量。本书收录的文章绝大部分是游击区红军和游击队将士亲身经历的事件和战斗，也有部分革命群众的感人回忆，真实记录了鄂豫边、鄂豫皖边游击区的红军和游击队，在当地共产党组织的领导下，在人民群众的支援与掩护下，利用各种有利地形，与国民党军和地方保安团队的持续"清剿"进行斗争，很好地保存了南方革命阵地，积累了丰富的游击战争经验，牵制了大量的国民党军，在战略上配合了主力红军的行动，为土地革命战争做出了重大贡献，并为华中、华南地区人民进行抗日战争保存了骨干力量。

目 录

2

鄂豫边的革命斗争[*]

王国华

　　1934 年 12 月，河南省委书记张国诚叛变，河南地下党的组织遭受大的破坏，而鄂豫边工委没有受什么损失。鄂豫边工委辖地下党组织之所以没有遭到破坏，原因是：鄂豫边工委跟河南省委只有直接关系没有领导关系（鄂豫边工委是归上海党中央领导，但是鄂豫边工委去中央接头须有河南省委介绍信，否则中央不给鄂豫边工委接头），中央所有文件由河南省委送，同时认识鄂豫边工委负责同志的，只有河南省委一位交通员，而这位交通员在送文件时，被特务杀害了，这样鄂豫边工委所管地下党的组织没遭破坏。

　　1935 年农历二月间，我从江西回河南，中央只给路费而没有给组织介绍信。5 月间，我去唐河县找张星江同志（他是鄂豫边工委书记）。之所以认识张星江同志，是因为

---

　　* 本文原标题为《鄂豫边省委的成立与红军游击队的壮大》，收录时做了适当修改。

张曾与我一同前去江西参加五中全会和二苏代表大会。找到张星江同志后，我们将鄂豫边工委改为鄂豫边省委（是在唐河县毕店村成立的），由张星江同志任书记，我任宣传部部长，全中玉同志任组织部部长。（1936年3月5日打平氏后，张星江同志在安棚牺牲，省委书记由全中玉同志担任。1937年初，我任省委书记。）这时因敌人仍在捕杀我党党员，所以河南省委没有成立。鄂豫边省委共管13个县，即新蔡、汝南、正阳、信阳（城内党组织被破坏了，农村的没有被破坏）、确山、桐柏、唐河、泌阳、南召、邓县、叶县、南阳、新野。

1935年8月间，周骏鸣同志出狱后（他原是河南省军委负责同志，河南省委书记张国诚叛变后，他于漯河被捕），经鄂豫边省委研究，将其分配到信阳吴家尖山工作。也在这时，我从汝南回唐河县参加省委会议，路经吴家尖山检查了周骏鸣同志的工作。他在吴家尖山搞得很好，组织了三个支部、一个小组，党的外围组织是扁担会。这个地方三面靠山，是桐柏、泌阳、确山、信阳四县的交界处，又是匪区，人民生活艰苦，这比我在江西时听朱总司令所说"游击根据地最好建立在'两不管'或'三不管'的地方"还多了一个"不管"，因此，可以说是一个很好的游击根据地。我在省委会议上汇报了吴家尖山的情况后，省委认为这个地方有利于工作，于是决定将省委迁到吴家尖山。省委迁去约三个月，即1935年11月间，便组织暴动，暴动时只有一条半枪,随后即打平氏、马谷田、邓庄铺等地,游击队也就得到大的发展。

1937年春,省委派周骏鸣同志去天津找北方局,从此便与中央接上了关系。与北方局接上关系之后,第一次指示是对国民党搞统一战线工作;第二次指示解散队伍;第三次指示(与第二封信相距20天的样子)又不解散队伍;第四次指示与国民党谈判。第一次谈判是与东北军;第二次是与确山、泌阳、桐柏、信阳四个县的县政府,在泌阳高邑谈判。谈判结果是将游击队改为地方团队,负责剿灭土匪,并确定四个县每月给团队1000元钱。但会后,只有泌阳县给了一点粮食,其他三个县什么也没给。第三次是由马致远(即刘子厚同志)去开封与张钫谈判,确定给我们1000元钱和1000套军装,但他们又考虑游击队虽名义上是编为团队,但既不会归其节制也不会改变性质,后来就不再给了。

1937年夏,蒋介石下命令:大股红军谈判,小股红军消灭。时限是一个月。这时国民党的三十二师、东北军及地方民团都开到了唐河、泌阳、桐柏、确山等游击根据地。在此情况下,游击队为了保存实力,立即转移到淮河沿岸,脱离了游击区。一个月过后,国民党的军队都离开了游击区,游击队又回来了,并于1937年秋在泌阳王店成立人民自卫团,团长周骏鸣。1938年初又在竹沟建立根据地,当时除消灭土匪扩大武装发展队伍外,也打土豪。1938年春,确山地方土豪劣绅告我们通匪,蒋介石随即派三十二师去竹沟，意欲消灭我们部队。开到竹沟后，了解到我们是消灭土匪、为民除害，扩大部队去抗日，并非土豪劣绅所反映的情况，于是便将真实情况电告蒋介石，结果对我们不敢下手，这样我们便取得了合法地位。

据1936年调查，唐河、桐柏、泌阳三县有108股土匪，在这遍地皆匪，民不聊生的情况下，省委便决定大力剿匪，为民除害，以安定社会秩序。消灭土匪的策略主要是：在我们部队力量小的时候与土匪交朋友，游击队壮大的时候，即采取拉大股土匪消灭小股土匪，各个消灭的办法。到1938年底，土匪即已基本消灭。对俘虏的土匪，则进行阶级教育，使其提高阶级觉悟，愿意参加游击队的即编到游击队中去，愿意回家生产的即释放回家，从而使游击队得到了大的发展和壮大。

1938年4月间，河南省委迁到竹沟，原鄂豫边省委改为特委，省委书记是朱理治，我任特委书记，王盛荣任副书记。竹沟部队于1938年春由周骏鸣同志与林凯同志带走1030名游击队员，另补充100余名干部去安徽前线抗日。同年农历八月间，彭雪枫同志去豫东带走306人，1938年底，李先念同志带走1个连。同年秋刘子厚同志带走1个排，编为挺进支队去信阳，后编给李先念同志了。确山赵进先同志组织1个营的地方游击武装，于1939年秋也给李先念同志了。肖望东同志去豫东西华也带走1个连。郭述申同志带走1个排，去鄂豫皖找林凯同志。朱理治同志去湖北带走了2

个连，另外陈少敏同志去湖北时也带有部队。竹沟事变后有5个半连也都给第五师了。除部队外，在竹沟也兴办了3期教导队，还举办了党校和培养了司号员、理发员。1940年在延安时，朱理治同志与我算了下账，前后给第五师部队共计有3800余人。

竹沟事变是1939年农历十月初二。事变前，刘少奇同志去竹沟指示说，敌人要打你们，不会派正规军来打，而是要纠合一些地方民团，可能会冒充送壮丁的混进寨内。并指示说，你们要阻着西门，死守竹沟。十月初二晚，竹沟东瓦岗来群众报告说，他们那里有部队，声称是刘汝明的部队。正说着，泌阳也来群众报告说，他们那里有张虎臣带的两个大队的地方民团，还带着三天的口粮。从这两个报告即可确定敌人要打竹沟了。这时省委开了会，做了守卫竹沟的具体计划。在我们的及早注意及坚决死守下，白天打退了敌人的进攻，当天晚上决定突围。突围后，第一个集合点是孤山，第二个集合点是龙窝。天明到龙窝后，检查部队与家属基本没有掉队，随后便开往四望山与第五师会合。

平氏夺枪[*]

牛德胜

桐柏山西北部的唐河县，有个张心一村，这村子虽小，在当年鄂豫边革命斗争历史中，却是一支点燃较早的红色火炬。1930年初，中共鄂豫边区特委委员张星江把这支火炬燃至唐河、桐柏、泌阳地区，在这一带发展党员，建立组织，宣传革命道理，开展农民运动。我就是这时跟着张星江同志闹起了革命。1934年冬，已是鄂豫边区工委书记的张星江介绍我加入了中国共产党。1936年1月4日，中共鄂豫边区省委领导的红军游击队在信阳县吴家尖山小石岭村诞生。第二天，我从唐河县赶来，在一座破庙里找到省委书记兼指导员张星江和队长周骏鸣，参加了游击队。从这以后，我就在游击队里开始了新的战斗生活。

随着斗争形势的发展，唐河、泌阳、确山、新野等县在

---

* 本文节选自《在游击队经历的几次战斗》，收录时做了适当修改。

建立党组织的同时，相继成立了夜聚昼散的农民武装。随着农民武装和红军游击队的不断扩大，武器弹药成了大问题。

为了解决这个困难，1936年3月18日，张星江同志在桐柏县郭竹园召开了有周骏鸣、王国华、陈香斋和我参加的会议。会议在分析了桐柏山区的斗争形势和任务后，重点讨论了武器弹药问题。张星江同志饶有兴致地向大家介绍了孤峰山庙会的情况，提议利用农历三月初三起庙会的机会，来个庙会夺枪。因游击队的力量不够，他建议发动地方上的党员、群众和农民武装共同行动，因为这不仅可以夺到枪，而且能使党员和农民武装得到一次实际的锻炼。周队长和王国华同志都认为这个办法好，强调要严密组织，做好保密工作。最后，会议拟订了具体的战斗方案，要大家届时化装成烧香的、赶会的，分散进入庙会，听信号统一行动。

会后，王国华同志赶到泌阳县，向地下党员侯太俊、马长富和苏天广等人，传达了庙会夺枪的行动计划，同他们一道动员组织群众。张星江同志则赶到唐河、桐柏两县，向地下党员刘中兴等做了周密的布置。

为了夺枪斗争确有把握，队上派我先行一步去平氏，通过亲戚关系了解庙会情况，对孤峰山的地形进行详细侦察。3月27日（农历三月初五）清晨，我在孤峰山上遇见张指导员，向他简要汇报了我所了解的情况，然后和他一道察看了会场地形。这时，周队长带着手枪队队员，王国华带着泌阳的群众，刘中兴、王青玉、王德冲带着唐河的群众，赵学敬、赵老九带着桐柏的群众赶到会场。三个县共到党员和群众100多人，每人准备了一根木棍做武器。游击队的步枪班因携带长枪不便进入会场，由副队长陈香斋率领，隐蔽在孤峰山南边的小东庄里，负责接应和掩护。

这次夺枪行动由省委书记张星江担任总指挥，其任务分工是：游击队分成三个组，重点打京货棚雇请的保镖；三县的党员和群众，各自选择夺枪目标，重点打击带枪的土豪及保丁狗腿子。并规定，枪声响后，我们的人要在脖子上围上白毛巾，唐河、桐柏两县的人向西打，泌阳县的人顺山坡向南打。一听到哨声，全体人员应立即向南山撤退。

庙会上人山人海，熙熙攘攘，两台大戏唱得正热闹。我在会场上转悠一阵后，来到庙西南一个京货棚前寻找目标，很快盯上了三支驳壳枪。不远的朱凤昌和老汪也盯住了各自的打击对象。正在这时，不知从哪里钻出来一个疯女子，边跑边喊："土匪来啦，土匪来啦！"

她这一喊，庙会顿时骚乱起来。负责"镇会"的国民党保安团一个连立即跑步上了孤峰山，散在庙会周围警戒。这突如其来的情况，给夺枪行动造成很大困难，我急忙去找张指导员。这时他正在庙前一棵大柏树下踱来踱去，考虑着对策，我问他怎么办，他说："不要慌，咱们找骏鸣、国华商量一下。"

不一会儿，会场上有人敲锣喊大家回来，说根本没有什么土匪炸会，那是女疯子乱喊的，逃散的人群这才稳住神儿，又陆续走回来看戏、做买卖，秩序慢慢地恢复了正常。

我跟随张指导员和周队长在山上重新巡视了一遍。这时天已过正午，游击队员和各县来的党员、群众，都坚守在各自位置上，焦急地等待着行动信号。

张指导员指挥若定，他低声对我们俩说："立即通知各县领队的和游击队员准备好，不要着急，一切按原定计划行动。"我们三人随即拥进人流里，分头下达通知去了。

不多时，我又回到庙西南的那个京货棚前，只见三个保镖在棚子里转来转去，显得心神不宁，看样子是被上午的混乱场面惊吓了。我盯着他们身上的驳壳枪有点发急，多好的机会呀！只要一动手，不仅能搞到枪，还能搞到很多白大洋，但不知指导员和队长何时发出行动信号。无奈，我只好装作买布的，靠着柜台问起各种布的价钱来。可掌柜的嫌我啰唆，还讥讽我没有钱，为了稳住他，我让他给我扯一块布。

掌柜的把布扯好，拿起算盘，正要算账，张指导员和周队长转到了我跟前。我知道要行动了，立即用一种惊疑的目光朝柜台里张望，想转移三个保镖的视线。果然，他们以为我发现了什么，马上把头扭了过去。张指导员、周队长乘机掏出手枪，"啪啪"两下，打中其中两个。另一个试图反抗，我抢先一步，夺下他的驳壳枪。张指导员随手递给我一把子弹，我们三人一起向庙会中心打过去。

张指导员径直冲上庙台指挥战斗，不料从庙台左后侧蹿出一个保安队军官，举枪朝张指导员射击。说时迟，那时快，我连开几枪，结果了这个坏蛋。

枪声骤响，如同在滚油锅里撒了把盐，赶会的、烧香的、做买卖的，慌不择路，你冲我撞地向四面八方炸开去。早已做好准备的夺枪战士围上白毛巾，手举短枪和木棍，向土豪劣绅、狗腿子发起了突然袭击。泌阳县的群众从北面打过来，有个腰挎手枪、屁股后跟着两个保镖的胖家伙，挺着肚子咋呼道："喂喂，这是弄啥哩？要打架呀！"话音未落，群众的木棍已朝他劈头盖脸地打过去，吓得他连滚带爬，跪地求饶。唐河、桐柏两县的党员和群众从东面打过来。有个赶会的大土豪坐着轿，在数名家丁的保护下，正前呼后拥地逛庙会，立刻被我们的同志围在里边。大土豪无奈，只好撅着屁股从被打翻的轿底下钻出来。他的家丁更是洋相出尽，被打死算完，没死的则跪在地上磕头作揖，直喊大爷饶命。我们的群众边打边解恨地说："老子今天可出出这口气了！"他们夺到枪还不罢休，继续打个不停，打得那些坏家伙只想从地上找个窟窿眼钻进去。

张星江、王国华、周骏鸣看任务已完成，即鸣哨收兵。各路人马带着缴获的枪支、布匹和银圆等迅速撤出庙会。在孤峰山南侧，夺枪群众分散撤离，游击队员和泌阳县群众与副队长陈香斋带领的步枪班会合后，跑步向南山转移。

这时，驻平氏镇的国民党保安团闻讯派出增援部队追击，在程湾寨北与游击队交上火。两下相持至天黑时分，保安团惧怕夜间吃亏，被迫回撤，我们则顺着河滩和山谷，深一脚浅一脚地转移而去。由于游击队从确山地区来平氏镇，走了两天夜路，很多队员脚上起了血泡，再经过一天紧张的战斗，饭也没顾上吃，现在又背着缴获的枪支、物资，又累又饿，走起路来东倒西歪。尽管如此，我们还是坚持走了一个通宵。当到达桐柏安棚镇东南的牛庄村时，天已放亮，大家实在走不动了，只好在老乡的高粱棚里宿了营。中午时分，队员们正在吃饭，经我党教育过的土匪头目李合带人马跑过牛庄，他告知其后有国民党追兵，要我们马上离开。队领导听说后，立即集合全队转移。

国民党军队兵分两路，来得很快，一路从西边进村，一路从村北包围过来。游击队没出村就同敌人交上了火，张指导员令副队长陈香斋带队伍在前面突围，他和周队长带领朱凤昌、老汪和我共五人断后。此时游击队前遇敌人阻击，后有黑压压一片敌人追赶，已陷入重围。经过三次冲杀，我们冲开一个缺口。当撤至姬岭寨南山沟时，又遇敌前哨部队拦截。在此生死关头，陈副队长手提驳壳枪，袖子一捋，大喊一声："我们宁死不当俘虏，同志们跟我来，冲啊！"顿时，杀红了眼的同志们个个如离弦之箭，齐声呐喊着向敌人冲去。敌人阻挡不住，随即溃退。我们大部分队员上了前面大山。

但是负责掩护突围的我们五个人，仍陷在敌人的包围之中，且被敌人打散，子弹所剩无几。冲出去的同志也因子弹打光无法回援。就在这时，张指导员的左腿被敌人子弹击中，身体摇摇欲坠，我急忙上前搀住他，刚走几步，我看他气喘吁吁，苍白的脸上冒出豆大的汗珠，便把他背在身上，冒着飞来的枪弹向外冲。

敌人越来越近，边打枪边号叫："捉活的！""缴枪不杀！"我用力背着张指导员，利用地形、地物与敌人周旋。待翻过一个山包后，他无力地拍拍我的肩头示意我放下。我以为他受不住爬山颠簸，便靠着山坡把他放下来。这时，他的腿仍在淌血，我想给他包扎，他却推开我的手，喘着粗气说自己不行了，命令我赶快突围。我表示坚决背他出去，就是死，也要死在一起。他听了我的话，眼里涌满泪花，激动地说："小牛，别说傻话，革命不需要你和我一块儿死，你要活着冲出去！"他稍停一下，用微弱的声音嘱咐我找到游击队，一定告诉周队长、陈队长和同志们，把武装斗争坚持到底。这时敌人从姬岭寨南边的山沟里打来一排子弹，一颗把我的头擦了一道血口子，另一颗打中了指导员的头部。我急忙抱起指导员，只见他嘴唇翕动，想说什么，但什么也没有说出来，就闭上了眼睛。我心如刀绞，悲痛欲绝，鄂豫边区的省委书记，桐柏山区红军游击队的主要创始人张星江同志，就这样壮烈牺牲了。

夜幕渐渐降临，我上山后，头部又一次负伤，但总算冲出了包围。翻过一座山头，我发现周骏鸣队长正一瘸一拐地向山上走，原来他的腿负了伤。我忙跑过去扶住，他一看是我，问道："指导员呢?"我泣不成声地说："他牺牲了!"周队长一听，像傻了似的立在那里好久未动。我们俩边走边哭，后来在一个山头上见到了突围出来的队员们，大家听说张指导员牺牲了，全都失声痛哭起来。

张星江同志在战斗中牺牲，周队长因负伤离队治疗，使游击队的元气受到损伤，但是，平氏夺枪行动沉重地打击了敌人，扩大了游击队的影响，为后来这个地区革命斗争的开展，起到了有力的促进作用。

智闯四关[*]

刘中兴

　　1937 年底，唐东农民游击队在地方上目标越来越大，处境有些不利。为防国民党反动派的暗算，我让王青玉到竹沟汇报。王国华捎信让我赶紧带人去竹沟。当时我的一条腿因受伤正在化脓，不能行走，而且从唐东到确山竹沟，路上关卡很多。守城的官兵都是一双眼睛长在头上——向上看，他们对豪门大族的人点头哈腰，对普通百姓，随意刁难，对可疑对象更是严密盘查。因此，凭我们十八九个人硬闯，那是难以闯过去的。经我和焦富建、陈真玉等同志商议，决定采取冒名顶替、见机行事的办法闯关。

　　唐河县贾营有一个有钱有势的大户人家，主人叫刘萼青。我们有个党员给他家种地，曾详细了解过他家人员的年龄、属相和职业，知道他家的侄子四少爷和我年纪相仿，四

---

　　* 本文节选自《唐河东区斗争轶事》，收录时做了适当修改。

少爷的哥哥刘希程又在国民党部队里当军长。于是我们决定利用他家这块招牌，另设法在县里开了个假证明。我还向叔叔要了几根竹竿，做了个滑竿椅子轿。闯关那天，我身穿一件新蓝布大衫，在前胸大襟上插上钢笔，头戴礼帽，扮成富家学生模样，坐上轿子，当上了"刘四少爷"。陈真玉同志走在我们前头两三百米，负责联络。14位同志轮流抬着我，后面跟着挎盒子枪的张国廷和郭自杰，以去陈州看腿的名义，从小牛庄向竹沟方向进发了。

唐河县涧岭店是第一道关卡。敌人在南门外布置了数名岗哨，盘查过往行人。我们到南门之后，焦富建就上前亮了"牌子"，说我是贾营刘萼青的侄子刘四少爷，要到陈州治腿，并用以势压人的口吻说他哥是国军军长刘希程，你们知道不？瞎咋呼什么！敌哨兵问我们有没有证明，我们就把预先准备好的证明拿给他们管事的看。看后有一个敌兵说："别管人家了，人家势力大，还是少惹是非。"就这样，我们顺顺当当地过了第一道关卡。

泌阳县赊湾又是一道重要关卡。陈真玉到东门前一看，光站岗的就有20个，看来闯是闯不过去的，必须设法绕过这道关口。我们知道，赊湾北小刘庄是大豪绅王友梅的家，又听说他去南阳开会没有回来，觉得有机可乘，于是同志们便抬着我从东门外径直奔小刘庄而去。不久，我们来到王友梅家的花园前，落了轿。此时，王友梅家的几个"看家狗"正在花园前观花，陈真玉就大大方方地走上前去说："七老

（王友梅排行第七）在家吗？这是刘四少，路过这里，想找七老说说话。"看家狗"们见我穿戴阔气，前呼后拥的，又是来拜访七老，一点也不怀疑，忙答七老不在家，还客客气气地问我是否先住下。我挂着文明棍走上几步说："既然这样，就不停了，我们先上陈州，回来时再拜访七老吧。"说罢，我上了轿，由同志们晃晃悠悠地抬着，过小刘庄向东北方向走去。接着，我们借王友梅的大旗做虎皮，没遇到什么阻碍，又过了泌阳县城这道关卡。

过了三关之后，泌阳县的二铺又是一道卡子。到这里时，天色已晚，因这里常闹土匪，夜间行走有危险，我们便决定到街上找地方住一宿。刚来到一家饭馆门前，就过来十几个背枪的队狗子，喝问我们是干什么的，往哪里去。为了不与这些人纠缠，我就拿起架子，一张嘴就要找他们队长说话。乡里的队狗子没见过多大世面，见我出言不逊，就在一旁嘀咕道："这么恶呀！"接着有个队狗子告诉我，他们的队长到县里开会去了。我睬也不睬地应了句，带人进了饭店。店主人是个30多岁的大嫂，大概她看出了我们的真身份，对我们很热情，只是心照不宣而已。吃饭时，她给我们介绍了二铺保安队胡队长的一些情况，说此人喜欢让人给他戴高帽子。还说如果他来找麻烦，由她出面应付。我问她这里朝东去的路好过不好过，她介绍说往东到贾楼，或到王店，都有王老汉（王国华）的人。她的这些言谈举止，似乎已知道我们此行的目的，我猜测她准是地下党员。

果然不出大嫂所料，我们刚吃完饭，姓胡的队长就带着十多个队狗子来了。只见他穿一身黑制服，手掂黑棍子，刚到饭店门口就叫喊："大嫂，你店里住了多少人？"店主大嫂指着我们介绍说："这位是唐河贾营的刘四少，那是他的佃户。"说着，那个胡队长带人拥进屋来。我掏出几把铜圆，放在桌子上，言说弟兄们看门辛苦，权作一点小意思。那帮兵嘴上说不要，可是这个拿几个，那个抓几个，一下子就抢光了。然后，他们嘻嘻哈哈地退到门外去了。我见众队狗子一走，便缠住胡队长，拿好话捧他，给他戴高帽子，并拿出"美伞"牌香烟请他抽。这种烟在当时很难买到，只有阔人才抽得上。开始他假意推托，店主大嫂就在一旁帮腔说："烟酒不分家嘛，四少爷好朋友，胡队长也好朋友，这可对到一起了。"胡队长一听这话，便一根接一根地抽了起来，一边抽，一边老弟老弟地唠起话来。我说此行是上陈州看腿，打算过驻马店，不知路上好走不好走。胡队长闻听一愣，接着告诉我说，往东就是王老汉的人，不知能否过得去。我提出让他派几个人送我一下，他忙说成天跟王老汉的人打仗，不敢送。这时，店主大嫂又插言道："胡队长送送吧，你们都是年兄年弟的，外场人，难得交上个好朋友。"这一撺掇真有效，胡队长爽快地答应下来，说明天一早派一班人送上一程。他哪里知道，我们让他派人护送是假，过他把守的最后一关是真！

　　第二天，店主大嫂一大早就给我们做好了饭，让我们吃，还暗地里给我们派了个向导。离开二铺之后，我们走了一段路，就让送行人回去了。而后，我带着 18 个队员，走了 20 多公里的山路，顺利地来到了竹沟。当晚，我和王国华同志睡在一张床上，向他简要地汇报了唐东区的工作。第二天晚上，我又向一位领导同志做了汇报。然后，我就在竹沟住了下来。

数月后，我的腿伤基本痊愈，根据王国华同志的指示，我返回唐河县，继续从事地方上的工作。

焦老庄党支部[*]

周春鸣

在确山县城西南 20 多公里的山沟里，有一个 20 余户人家的小村庄——焦老庄。村前，有一条弯曲的小河；村后，是一道长长的山岭。这里虽是山区，土地还算肥沃。我家祖祖辈辈都居住在这里。父亲周风筠，粗通文墨，在附近几个村子里有一定威望。我弟兄五个，大哥绪鸣、二哥骏鸣、三哥长鸣、弟弟杰鸣，我排行老四，弟兄五人都念过书。自打军阀割据后，混战连年不断，苛捐杂税多如牛毛，田地荒芜，民不聊生，加上土匪的骚扰，劳动人民终日不得安宁。

为了防范土匪袭扰，具有强悍性格的山里人展开了抗匪保家斗争。那时，我父亲领着村里的进步群众，在村前建起两座炮楼，修筑了寨墙和寨壕子。我们便搞了一些土枪和几支步枪，组织了农民自卫队，轮流守护寨子，很受群众

---

* 本文原标题为《活跃的焦老庄党支部》，收录时做了适当修改。

欢迎。

1935年8月，人称王老汉的王国华同志来到朱胡洞、杜李庄联络站找周凤祥同志接头，周凤祥就把焦老庄自卫队的情况向他做了介绍。当时王国华就说，正想到周骏鸣同志家里看看。那天，我正在牲口屋闲坐，雇工张保进来叫我，说有个老汉来访。我出门一看，不认识。王国华笑着自我介绍："我是王老汉，是你哥哥周骏鸣的好朋友。"我二哥曾给我讲过，过些天有个叫王老汉的要来我家。我听了王国华的介绍，急忙把他让到堂屋，他一落座就把骏鸣哥的情况向我做了介绍，嘱咐我说："你们要把自卫队壮大起来，打击反动派。"

王国华走后不久，派他的弟弟王国平来到焦老庄开展工作。王国平到过江西中央苏区，他给我讲了许多革命道理和斗争策略，如农村包围城市，打击最反动的土豪劣绅，反对国民党拉丁、派粮和苛捐杂税，争取中间力量等，使我很受教育。从此，我铁了心跟着共产党干革命。

1935年9月的一天，在我家住了许多天的王国平，看我思想上进，便介绍我加入了中国共产党。以后，我们经过认真考察，又先后在周围几个村庄发展了马林、陈国典、王金山、王贵荣、董本芳、吴明斗、周春祥、周鹿鸣等人入党，并建立了焦老庄一带第一个党支部。我任支部书记，吴明斗任组织委员，王贵荣任宣传委员，董本芳任青年委员。党支部的建立，使群众有了引路人，不少群众通过党的教育，走上了革命道路。从此，建立了党支部的焦老庄就成了中共鄂豫边省委领导同志的重要活动地之一。

1936 年初，王国平被调到鄂豫边红军游击队工作后，上级党组织又派姜宗仁、李辉同志来指导我们党支部的工作。接着，又相继发展了一批党员，其中还有五位女同志。

根据党员队伍不断壮大的新情况，为加强对党员的管理和对革命斗争的领导，我们以焦老庄支部为中心，成立了东片、西片、南片、北片四个分支部，分别由王金山、王贵荣、董本芳、吴明斗同志任支部书记，焦老庄党支部仍由我任书记。女党员黄世君工作积极，思想进步，主动组织妇女为游击队做军鞋等，大家选她为支部妇女委员。

党员队伍的日益壮大，党的组织层层建立，使焦老庄一带的武装斗争日渐红火起来。原来群众自发组织的农民自卫队充实了不少党员骨干，成了边区省委领导下的一支拥有 60 余名队员的群众武装。自卫队在党支部的领导下，不仅注意思想教育，而且重视军事训练。周凤贤同志懂得些军事，就由他抓训练。经过一段时间的训练，培养出了 20 多名神枪手，有六七个人能一枪打死两只鸟。从此，党支部和这支自卫队不仅在防匪骚扰方面，而且在支援游击队保护党的干部骨干等方面，都发挥越来越重要的作用。

记得有一次，土匪头子马新友带着一支上千人的土匪队伍，由北向南，途经我们寨子。为了保护群众财产免遭抢劫，党支部决定由周凤贤带领自卫队以武力阻止土匪进寨。

当土匪先头人马快接近寨子时，几位神枪手在北炮楼上"啪啪"几枪，击毙了几个土匪，其他土匪瘫在地上一动也不敢动。土匪头子马新友一时摸不清寨子内的虚实，看到打死了几个弟兄，吓得胆战心惊。这时，陈香斋同志骑马赶了上来，哄马新友说："这个寨子不能打呀！他们有100多条快枪，又有土炮，还训练了几十名百发百中的神枪手，而且又是'老苏'（指周骏鸣）的家乡，不好对付呀！"马新友听后觉得没办法，只得气鼓鼓地下令撤兵，绕道走了。

党领导下的自卫队获得了重大胜利，轰动了方圆数十里，不少村子都派人来访问我们，叫我们介绍经验，也想学着我们的样子，建立自卫队。

1936年春，鄂豫边红军游击队在平氏夺枪后的转移途中，遭到国民党军队的包围，突围中，省委书记张星江不幸牺牲，我二哥周骏鸣也负了伤。游击队突出重围后，由副队长陈香斋带队于3月29日赶到焦老庄西边的高庄。陈副队长对我说，现在游击队急需休整和补给，希望我们支援一些子弹。这有什么不行的！我马上清点子弹，除留下一小部分外，其余的全部给了游击队。游击队在村里住了一夜，乡亲们送吃送喝，十分热情，战士们很是感动。

1936年秋，国民党河南省的一个保安团团长带一支大队，到石滚河镇"剿共"。一天夜里，保安大队突然包围了大王庄，逮捕了确山县委书记段永健、地下党员陈国典以及群众王老五等人。我们党支部得知这个消息后，决心救出他们。当时，敌我力量相差悬殊，武装营救是办不到的，于是，我们依靠地下党员和群众，托关系接近保安大队的齐大队长。我们打听到，石滚河镇联保主任周冠鸣与齐大队长关系很好，周虽事伪政权，但为人还好。大王庄保长汪多宣同情共产党，和王老五是亲戚。开明士绅何振刚和周冠鸣能说上话。我们就分头做他们的工作，通过他们各自的关系去找周冠鸣"说情"，终于把段永健、王老五等人营救了出来。而陈国典为了保护同志，主动承认自己是共产党员，被反动派杀害了。

还有一天，焦庄的群众来我们自卫队反映，黑风寺联保主任周东鸣，为了修自己的寨子，强行把焦庄防匪的炮楼扒掉了，要求自卫队为他们除害。我立即找周凤祥、周凤贤、周杰鸣等同志商量，研究除掉周东鸣的办法。我们利用周凤贤、周杰鸣两位同志与周东鸣的裙带关系，在周东鸣去黑风寺的途中，巧妙地接近他，一枪击毙了他。这一消息很快传开了，人人奔走相告，都夸自卫队干得好、干得漂亮，为群众除了一大害。

焦老庄党支部在艰苦的斗争岁月中，由于坚持宣传、组织和武装群众，成为领导群众开展对敌斗争的坚强堡垒，赢得了群众的信任和支持，受到了鄂豫边区省委的充分肯定和赞扬。

游击区的秘密联络工作[*]

肖 章

　　1934 年 12 月，河南省委遭到破坏。在此之前，省委曾派杜克功同志到确山负责工作。当时，我担任县委委员兼农民游击队指导员。杜克功来确山不久，便派我到正阳县恢复党的地下组织，并要求我定期回驻马店与他联系，汇报工作。1934 年 12 月 27 日，我按约定地点，到驻马店火车站机务房附近去和杜克功同志接头，但未见到他。当时我已预感到发生了意外。晚上，我去余三小学找申耀东老师，他是我在小学读书时的教导主任。一见面，他神色有些紧张地告诉我，许多党组织遭到破坏，不少人已经被捕，有的叛变自首了。我听后心里又是一咯噔。

　　第二天，我又按原约定地点去找杜克功，结果还是没有接上头。此时我已明白，驻马店党的地下党组织也遭到了破

---

　　* 本文原标题为《在游击区边沿做秘密联络工作》，收录时做了适当修改。

坏。于是，我便连夜离开驻马店，赶了9公里路，来到汝南县水屯乡孔庄，这里是确山县委委员孔恰子的家。我一时摸不清他的情况，又担心他家里有外人，就趁天黑悄悄溜进了他家的厨房。正巧，恰子独自一人在灶火前的草窝里睡觉。他见我深夜而至，先是一惊，当听我简要说明来意后，才舒了一口气，拉我坐下。接着，他把党组织遭到破坏的情况给我讲了一遍，并说他现在成天东躲西藏，只能在晚上悄悄回村探听消息。于是，我给他出了个主意，让他先到汝南教书的伯父孔繁益那里作为学生暂且落脚，待过了年，我再同他联系，恰子当即就答应了。

失掉了与上级党组织的联系，我一时感到很着急，很苦闷。我有个舅祖父，是位绅士，同情革命，过农历年时，我去给他拜年，他让我跟我舅舅周凤彩到离他家不远的确山县顺山店地藏王堂学校教书。我考虑这样也好，倒有个隐蔽的地方，就欣然答应了。

1935年春，我和舅父周凤彩一起来到了地藏王堂学校。这所学校里的学生年龄差别很大，有的尚是少年，有的已是成人。我就利用这个条件，一方面对他们进行知识启蒙，一方面进行思想启蒙。在此期间，孔恰子曾多次到我这儿，有时还带着康春来我这里隐蔽。另外，汝南县的刘茂林、正阳县的王赞臣等同志也不断同我来往。这样，附近几个地方的地下党员和党组织又都取得了联系，我这里无形中成了秘密联络点。

1935 年 3 月，王国华从江西回到河南后，河南省委和豫南党组织均已遭到破坏。为了恢复党组织，他四处奔波联络，不久便找到了确山的徐中和与汝南的刘茂林。刘茂林兄弟制作毛笔的手艺很好，在汝南和孝店开了个"中山笔庄"，长期负责我党的秘密联络工作。刘茂林见到王国华后，便把他领到了我这儿。我以请王国华和我父亲做生意为名，把他带到我家里，然后我把自己已经联系上的零星党组织一一介绍给他。这些零星党组织主要分布在汝南的和孝店、马乡一带，确山的双河、杨店、张店、顺山店一带，信阳的肖店，正阳县的梁庙、胡冲店、寒冻、中心庙等地。随后，王国华便到这些地方联络同志，恢复党组织，给大家讲他在江西学习的革命理论，做思想发动工作。还有一些地方上的党员，虽然幸免于难，但相互间都已失去联系，于是我就利用假期一个个地去找，然后再将联络上的关系交给王国华。这一段，王国华同志主要在汝南、正阳和我家附近一带活动。他有时住在我家里，有时也到学校和我住在一块儿。为了掩人耳目，我对别人说，他是与我父亲合伙做买卖的朋友。王国华同志在学校里住时，一有机会就给那些年龄较大的进步学生讲述革命道理。他虽然没有文化，但很健谈，而且讲的都是新鲜事，进步学生都很佩服他。他还懂点医术，在我家住时，常常为群众针灸，开个小药方，尤其是治疗霍乱等急性病还颇有疗效。因此，周围的群众都很喜欢接近他。

　　不久，王国华与中共鄂豫边工委的张星江、张旺午等同志取得了联系，很快就酝酿建立了鄂豫边区省委。

1935年秋，周骏鸣从开封监狱出来，他机智地摆脱监视的特务，回到了确山县。他先找到徐中和家里，交谈中，周骏鸣得知王国华已从江西回来，喜出望外，并说他有紧急情况向组织报告，希望早些同王老汉见面。过了没几天，王国华又到徐中和家，当他知道这一情况后，即把徐中和批评一通，责怪徐不该把他的情况告诉周骏鸣。因为周刚从监狱出来，王对周还存有戒心。最后，王国华对徐中和说："如果老周再来问你，你就说我是从这里路过的，没有同组织取得联系，说自那以后王老汉再也没有音信了。"不久，周骏鸣二次来找徐中和，徐按王国华的话一说，周骏鸣顿时明白是组织不信任自己了。他心急如焚，十分痛苦，但为了能尽快找到党组织，他只好忍着痛苦，在一张纸上，密密麻麻地写满了字，让徐中和转交给王国华。当时，王国华不识字，就拿着这张纸找我，让我念给他听。纸上写的主要内容是：河南省委遭破坏后，周骏鸣因被叛徒马德山出卖也被捕了。由于敌人已掌握了我省委机关的一些内幕，便施展阴谋诡计，组织起一个假河南省委，并利用假省委的名义，派特务到上海同我中央执行局联系，向中央要干部要经费，结果要来的干部一到河南就被逮捕，中央给河南的文件和经费也统统落到敌人手里。敌人还借机派遣特务混进中央办的各种训练班。这就不仅威胁到同志们的生命，还直接威胁到党中央的安全。周骏鸣在诱降他的敌人口中得知这一情况后，深感问题严重，于是便和同住一个牢房的河南省委组织部部长兰德修同志商量，最后商定让周骏鸣假意答应敌人的条件，以骗取敌人的信任出狱，设法向党组织报告等。这张纸我一直保存到新中国成立后，因塞在我家的草房屋檐下，我又长期不在家，后来就丢失了。

当时，我和王国华边读信边揣摩着。我们一方面担心信里说的不一定是实情，另一方面又担心如果是实情的话，若不尽早采取措施，会使党遭受更惨重的破坏。同时王国华还回想起，自从1933年开始和周骏鸣同志一块儿工作以来，周一直表现很好，王国华又是他的入党介绍人。经过反复考虑，王国华还是决定同周骏鸣见面。

王国华在汝南和孝店附近，通过那里的党组织和周骏鸣约定了会面的时间和地点。为了以防万一，除了把会面地点选在和孝店与常兴店之间的野地里外，事前王国华还做了一些应急准备。待接上头、弄清情况之后，王国华十分高兴，接着告诉周骏鸣，要他利用社会关系隐蔽活动，开展工作。后来，周骏鸣把工作地点选到信阳吴家尖山一带，到那里发动群众，组织武装斗争。不久，在鄂豫边区省委领导下，一支红军游击队在吴家尖山的小石岭村诞生，周骏鸣同志任队长。

1937年春节刚过，邓一飞来找我，说王国华、周骏鸣他们要我到游击队去。这时，学校又开学了，我已接了人家的聘书，负责四五十个学生，突然扔下不管，容易暴露身份。再说，当时革命斗争还处在困难时期，我这里便于隐蔽活动，还可以同平汉铁路以东的一些地下党组织联络。所以，我对邓一飞说，请他回去后和老王、老周商量一下，是否等学校放了暑假我再上队。后来，王国华、周骏鸣他们没有再通知我去游击队。

在这个时期，我一方面继续秘密恢复和发展确山、正阳、汝南一带的党组织，一方面发动路东地方党积极做一些配合鄂豫边游击区武装斗争的工作。首先，我通过地下党组织，同与我党有统战关系的进步人士，继续保持密切联系，搜集路东一带国民党伪政权机构的有关情报，及时送往鄂豫边区省委和红军游击队。那时，由邓一飞同志负责给省委和游击队订的一些进步刊物，都以学校和我的名义，寄至我处，然后我再派人秘密送往游击区。另外，在极端困难的情况下，我还动员一些地下党组织和党员尽力为游击队提供活动经费。1936 年夏，王国华同志来找我，说游击队员眼下很困难，连穿鞋都成了问题，叫我想办法解决。我就和他到杨店等地的几个地下党员家里，筹集了几十块银圆及药品。王国华即带着这些款物回到了游击队。这期间，我们还向游击队动员去了不少新战士和知识青年。我表弟周汉英就是在这个时期去的，后来他经过教导队训练，跟随彭雪枫、张震等领导的东征游击支队抗日去了。

1937 年夏天，红军游击队在确山、信阳、泌阳、桐柏山区活动的声势越来越大，敌人非常恐慌，就到处搜捕地下党员。同时严格检查来往信件，企图从中发现游击队的活动情况和与游击队有联系的地下党员。结果，敌人在确山发现我订购的报刊和来往信件可疑，就派了一个班到我家搜捕我。当时，幸亏我去了学校，敌人就在我家里翻箱倒柜搜查起来。我妻子丁绍芬乘敌兵正翻阅破木箱里的进步刊物时机，迅速把我存放的一包党的机密文件，顺手塞进床底下的一个破尿罐子里，又用一块破布盖上，才未被搜出。我的舅舅当时是村里的联保主任，他赶忙跑到学校通知了我。我想，敌人一定是怀疑我的身份，于是，当即离开学校，转移到正阳县城东王赞臣家隐蔽起来，并通过各种渠道，不断地同家乡党组织联系。

1937 年 10 月底，组织上派刘茂林同志找到了我，我便和他一起，到吴家尖山附近，找到了红军游击队。不久，边区省委决定成立正阳县工委，便委派我担任工委书记去了。

弃暗投明记[*]

崔振刚

　　1936年，我在确山县城西范庄村务农时，曾和邻村关庄的一个进步农民李述严做过朋友。李述严原在国民党部队当兵，因不愿为国民党反动派卖命，逃回家乡务农。由于我们相距较近，所以农闲时经常来往。这年6月15日下午，我正在李述严家拉家常，适逢国民党新编第五师便衣队郭德祥、蔡老么来找李述严。当时，我还不认识郭、蔡二人，见他们来了，便起身告辞。李述严忙站起来拉住我说："都是朋友，不是外人。振刚，再坐一会儿吧！"我看李述严让得实在，只好又坐了下来。

　　郭、蔡二人一落座，就和李述严谈开了。从他们的谈话中，我明白了李和郭、蔡二人的关系。原来，李述严在国民党部队当兵时和蔡老么是换帖兄弟，相互照应，亲如手足，

---

　　* 本文原标题为《国民党士兵弃暗投明记》，收录时做了适当修改。

31

而郭又是蔡的队长，两人关系极为密切，所以李述严和郭德祥的关系也非同一般。

他们谈了一阵客套话后，蔡老么单刀直入地挑明来意：他们新五师刚从内蒙古开过来，主要任务是来这里"剿共"。大部队驻在漯河，先派出两个班在前头探路，蔡和郭随陆班长的一班人昨天来到确山，住在东城门炮楼上。新五师是个杂牌部队，有三个月没发饷了，眼看天已经热了，士兵还穿着棉军装，蔡、郭二人和陆班长的人都想往外"炸"，想逃跑。陆班长让蔡、郭二人想想办法，给他的弟兄们指条活路。因刚到这里，人生地不熟，蔡、郭只好来找李述严共谋良策。

李述严听完蔡老么的话，一时沉默不语。他想起了自己在国民党军队里当兵时所受的歧视和虐待，胸中不禁腾起一股怒火。他抬起头，生气地问："你们从内蒙古来河南，提着脑袋给国民党干，上面为什么不发饷？再说，你们是到这里来'剿共'的，那确山县政府能不给国军弄点饷钱解决吃穿吗？"

李述严这几句话如同火上浇油，郭德祥听后瞪着眼骂道："屁，要解决就没事了！上司只让我们卖命，哪管弟兄们的死活。这叫啥国军！确山县政府的人，都是地头蛇，对我们冷淡透了，更舍不得给这笔款子。唉！我们实在是走投无路哇！"

李述严听到这里，面露同情之色，他转脸望望沉默而坐的我，对郭、蔡二人说："我倒想出个办法，不知行不行，说出来还怕惹二位老弟生气。"

郭、蔡二人几乎同时直起了身，急不可耐地催问李述严："是什么办法？唉！已到水不流的时候了，你快说呀！"

李述严点点头，然后紧绷着脸说："听说西山沟里有共产党的游击队活动，不知陆班长的人愿不愿意拉过去？"李述严说着，又瞧了瞧我，"如果愿意的话，可让我这位兄弟给他们带路。振刚的老家在西乡，对那一带的路比较熟悉。"

我坐在一旁一直未发言，这时见李述严把带路的差事托到我身上，心里不由暗自高兴。心想，我们这里的老百姓受尽了国民党军队的欺压，如果这些人真能改邪归正，不再跟国民党干坏事，游击队和群众肯定会欢迎的。但为了考验蔡、郭二人是否真心实意，我就试探着问："这合适吗？还是想得周到点为好。俺这不是推辞，因为红军游击队和国军大不一样，听西乡来县里赶集的人讲，游击队到处流动，没个固定住处，吃穿更不如国军。不过，他们官兵平等，保护劳苦民众，专打欺压老百姓的土豪劣绅，每到一处，都开仓放粮，救济穷人，山里老百姓都很拥护他们。朋友若不嫌弃，我可以给陆班长的人带路。不过，能不能找到游击队，我不敢担保，万一找不到，也请你们不要见怪。"

郭德祥见我已经答应，挺高兴地接上话说："老兄，咱们虽是初次相见，但都是朋友。我实说了吧，在这兵荒马乱的年月，国军的武器虽好，可总是和穷人过不去。在红军游击队里干，吃黑穿孬没啥，只要不挨老百姓的骂就中。我来时，陆班长已经向我交了底，能有人带他们讨个活命就行。你只要带他们到西山去一趟，即便找不到游击队，也绝不会怪你，那是他们命该如此。"说到这里，郭德祥呷了一口茶，故意感叹道："唉，如果真的无路可走，他们就拉杆当土匪，反正不能把弟兄们饿死。"

我见他已把话说到死处，也就不再怀疑，便笑笑说："那好吧，我就领他们去试试！"为了慎重，我想了个联络暗号，对蔡、郭二人说："你们回去给陆班长说好，明天落黑时，让他派人到城西进里宫前和我联系，如果看到石碑上有块砖就表示事已成，没砖就是坏事了。"

蔡老幺一拍大腿，站起了身："那好，就这样定了。俺俩现在就回去给陆班长透信！"

事情商定后，我们告别了李述严，各自行动去了。

我回到范庄，找到村里几个对劲的穷兄弟，连夜商定了行动计划。为在带路的途中避开敌人，我们商定了一条比较安全的行军路线。同时对途中可能出现的一切困难，以及可能发生的情况，也都进行了考虑和安排。

次日傍晚，约定的时间一到，我们就到了城西进里宫，在石碑上放了块砖头，然后利用夜幕掩护，隐蔽在石碑附近的大麦地里等候来人。不一会儿，有一个人到石碑前摸砖了，我看看没有可疑之处，就走出麦地和他接上头。摸砖人告诉我，陆班长已把他的一班人拉出来，正在东边 100 米处等候呢！我不由得一阵惊喜，忙打手势让他们过来。不大一会儿，陆班长把人带到了我跟前。我点了点数，不多不少，正好12人枪。接着，我简单向他们讲了下路上的注意事项，就带领这一班人上路了。为了隐蔽行动，我们摸着黑，专拣小路走。士兵都很听话，队列里一直保持着安静。就这样，我们经过一夜的急行军，途经半拉店、五里山、范庄、旗杆庄、马楼、洋沟、鸡山等地，待天快亮时，来到了陈冲的黑猫沟村。按照事先安排，我喊开了该村陈有家的门，把这班人安排到他家里休息。陈有则去找和红军游击队熟悉的周金生同志商量，周金生又马上派人去向周骏鸣队长报告。

周队长听到这个消息后，开始有些疑虑。这也难怪，游击队化整为零后，他们刚刚来到石滚河、焦老庄一带活动，而且只有几名游击队员，势单力孤。而恰在这时，我带着身穿黄卡其军服、脚蹬牛皮高筒靴的国民党军队的一个班前来投奔，是真是假，周队长不能不认真考虑对待。

为了弄清真相，周队长派人把我叫了去，并在一家磨坊里接见了我。当时他态度严肃地坐在磨盘上，听我把事情的经过前前后后说了一遍。听过之后，他点了点头。为了争取这部分力量，周队长决定去会会这一班人。临行前，他一再嘱咐我说："振刚啊，你是咱本地人，办事要多长个心眼儿，想一想后果。游击队的虚实先不要向陆班长透露，和他们见面时你要见机行事。"说完，他派游击队的老汪、小陈到村边警戒，以防万一。

然后我就带着周队长去会见陆班长他们。当来到陈有的家门口时，我向院子里喊："陆班长！周队长来了！"

　　陆班长忙把全班人集合起来，郑重地给周队长敬了个礼。周队长点头还着礼说："大家走了一夜，辛苦了……"

　　寒暄过后，周队长让周金生给大家准备饭吃。不一会儿，周金生端出一筐米掺面做的馍和一盆肉炖粉条。行军一夜的士兵饿极了，一看到香喷喷的饭菜，都狼吞虎咽地吃起来。饭后，周队长让大家一直休息到下午4点多钟。接着，他将队伍转移到上楼村党的地下联络员陈凤伟的家里，稍事休息后，又把队伍拉到白山岭祖师庙里住下。这时，当地群众送来烟、糖和布鞋慰劳大家，使陆班长他们很是激动，虽然很累，心里却暖烘烘的。

　　第二天早晨，我们又吃了群众送来的饭，饭后，周队长召集大家开会，他亲切和蔼地在会上讲道："同志们，我们是中国共产党领导的红军游击队，是为解放受压迫的劳苦大众打仗的。今后，无论到什么地方都要依靠群众。还要学会尊老爱幼，对老年人要喊他们老大爷、老大娘，对老少都要有个亲热的称呼……"士兵听着这些话，感到分外亲切，觉得红军游击队和国民党军队就是大不一样。这天晚上大家就在庙里住下，第二天，又和鄂豫边区省委组织部部长王国华带来的游击队员见了面，再次受到同志们的欢迎。省委和游击队领导不计前嫌的亲切关怀，游击队和人民群众兄弟般的热情照顾，使陆班长的一班人感动得流下了眼泪，决心一辈子跟着游击队闹革命。当夜，在周骏鸣队长的带领下，大家高高兴兴地上了路，到信阳北陈楼一带打游击去了。

从此，我和国民党新五师的一班人一起走上了革命道路，在红军游击队这个温暖的家庭里，开始了新的生活。

红色竹沟

朱理治

　　1937 年 5 月，中央决定组织河南省委。不久，我们即在延安见到周骏鸣同志。他是从确山游击根据地出来，找上级领导的。从他的报告中我们才知道，他和张星江、王国华等同志，在经过长久的斗争后，已经在竹沟一带发动起游击战争，建立了一支 60 多人的游击队。

　　当时正值国共谈判合作抗日，因此有同志设想：为了国共合作，把这个武装解散了。省委根据毛主席写的中国共产党在抗战时期的任务，认为：国民党为了削弱我党领导的武装力量，并不承认竹沟游击队是共产党领导的，国共合作成功与否，和竹沟游击队是没有直接关系的。相反地，为了抗日，为了促进合作，我们更应当保存并扩大这个队伍和根据地。但是游击队活动的方法需要根据中央的新政策加以改变，这即是应当执行中央抗日民族统一战线的方针，从消灭和争取当地土匪的斗争中，来大力扩大游击队的武装；并和当地的开明士绅与政府建立统战关系，以便争取合法存在，作为将来的抗日武装，并在中原地区建立起一处抗日的据点。

省委将这个意见向中央书记处提出，毛主席和书记处批准了这个方针。周骏鸣同志带着这个指示回到了竹沟。不久，七七事变即发生了。这支游击队在周骏鸣、王国华等同志领导下，很快发展为 3 个营，经过周恩来同志和国民党谈判，编为新四军第四支队第八团队，由周骏鸣同志率领开往皖苏鄂敌后抗日，归长江局及新四军总部领导。并在竹沟设立第八团队的留守处，由王国华同志担任留守处主任。这是 1937 年底至 1938 年初的事。从此，竹沟便开始成为在中原地区支援和组织抗日力量的后方了。

毛主席十分重视竹沟在中原的战略意义，在第八团队出发之前，派遣了红军名将彭雪枫同志担任河南省委的军事部部长，并住在竹沟。不久，省委由开封搬到竹沟了。

在 1937 年底，华北各地相继失守，省委看到中央文件和刘少奇同志在临汾失守后写的文件中，把开展独立自主的敌后游击战争作为华北党的中心任务，对我们颇有启发。省委鉴于中原失守只是时间问题，因此规定了河南党的中心任务，是准备敌后游击战争。一切工作均是围绕在这一中心任务的周围开展。

根据这个总的方针，我们一方面在竹沟扩大留守处武装，开办教导队，开办党校，另一方面在河南各县开展抗日救亡运动，发展党员，开展统战活动，准备武器队伍。当时省委提出了为准备10万武装而斗争的口号。这即是事先做好准备，只要敌人打来，我们要不失时机，立即在各地发动10万人的游击队。当时决定吴芝圃同志在豫东准备，刘子久同志在豫西，刘子厚同志在豫南准备，我沿平汉线南下，做了布置。

1938年夏，日寇发动对豫东进攻，豫东沦陷了。但由于国民党在花园口决黄河堤，敌人暂时被阻在新黄河以东，只有新黄河以东的县份沦陷。这些地方，在省委委员吴芝圃和豫东地委沈东平，以及王其梅等同志领导下，发动了几千人的武装。不久中央和省委决定彭雪枫同志将竹沟留守处和教导队的300余人开往敌后，会合与领导了这些武装。他们在不断斗争中组成了新四军第四师，开辟了皖苏抗日根据地。

1938年11月，中央六届六中全会开会了。中央为了加强对中原的领导，决定成立中原局，派少奇同志任中原局书记。

中原局驻在竹沟。少奇同志在竹沟为中原地区的革命工作做了全面规划，并且亲自在竹沟指挥中原地区敌后抗战和大后方的地下工作。少奇同志在竹沟时，还向中原局的干部做了《论党内斗争》等重要报告。以后，少奇同志又亲自去敌后新四军第四师及新四军总部领导敌后游击战争。从此，中原各根据地和抗日武装因为得到了正确领导，更加巩固和发展了。

根据少奇同志的指示，我们继续在竹沟扩大武装，扩大教导队，办党校，办各种训练班，出报纸。河南及大后方抗日青年踊跃前来。在这里受到训练的党员和群众前后有2000余人，分配到敌后和部队中做干部。

1938年秋，敌人向豫南进攻时，信阳有两个区沦陷了。当地党委刘子厚、危拱之同志，因为事先有了准备，立即配合信阳县县长朱毅同志组织了2000人的游击队。党的六中全会后，中央派李先念同志来竹沟担任省委军事部部长，并调来30多个团级干部和1个排的老红军。省委决定李先念同志从竹沟率领1个连去信阳，领导鄂豫边区的游击战争。后来又决定陈少敏同志从竹沟和信阳带了400人去敌后，和李先念同志会合。

这时，湖北省委在鄂东以郑位三同志为首发动了敌后游击战争。鄂中沦陷后，在湖北省委陶铸等同志领导下，也发动了敌后游击战争。国民党反动派为了破坏鄂中、鄂东和鄂豫边的新四军抗日活动，首先向鄂东新四军留守处发动进攻。为了避免敌人各个击破，使这些武装形成一支鄂豫边区抗日的武装，少奇同志派我代表中原局从竹沟带领部队和干部共600人去敌后和先念同志会合，并着手将鄂豫边、鄂中、鄂东敌后武装合编为1万人的新四军鄂豫边挺进纵队，以后改为新四军第五师。这支武装发展特别快，原因一方面是因为有中央抗战时期的正确路线，加之少奇同志亲自指导，所以路线非常明确，没有走什么弯路。同时，又有中央派去的和鄂东内战时期留下的几十名老红军干部和 1 个排的老红军。他们把老红军的优秀传统和作风带到新成立的部队里，很快形成了模范和核心。

竹沟是国民党统治区域大后方的小市镇，周围是顽固派的驻军和政权，竹沟镇里也有国民党的联保处。但从这里却产生了新四军二师、四师、五师的一部分骨干队伍，经在竹沟训练的许多干部到上述三个师和三个根据地充当干部。

国民党反动派早在 1938 年春即下令解散竹沟新四军第四支队第八团队留守处，并一再下令国民党部队进驻竹沟。以后又三番五次布置对竹沟的进攻。但竹沟留守处始终屹立在大后方两年有余，不断打垮顽固派的进攻阴谋。

首先，依靠的是全国人民对共产党和八路军、新四军的拥护和同情。他们看到国民党的腐败无能，所以把抗日救国的希望寄托在共产党、八路军和新四军的身上。他们用八路军、新四军和党的名义向各方面进行了统战活动。上自第一、第六战区司令部，周围驻军司令部，各专员公署，下至周围各县政府、联保处，都有我们统一战线活动。利用了国民党嫡系军和非嫡系军的矛盾，军队和地方政府的矛盾，上级政府和下级政府的矛盾，开明人士和顽固派的矛盾。依靠广大群众的革命力量一次再次地解除了敌人进攻竹沟的阴谋。要没有这种活动，竹沟根据地早已不能存在了。

其次，是依靠当地党和干部与群众的密切关系。竹沟周围及河南的群众，在创立中原抗日游击队伍中，做了很大的贡献。我们要枪，他们把所能搜集到的枪都献给留守处。我们要人，他们则把自己的优秀儿女送到留守处，经过训练之后，派到新四军的第二师、第四师、第五师充当基干队伍和敌后根据地干部。我们粮食发生困难，他们则帮助送粮食。当时可歌可泣的事例很多。

再次，是依靠自己的武装力量。要是没有自己的基干队伍，在竹沟也是不能立足的。但是在竹沟的部队不能放得太多，因为豫东、鄂豫边抗日根据地和新扩大的新四军，需要有党领导下的骨干武装，作为核心和模范，来团结和影响敌后新扩大的武装力量，所以训练好的部队必须首先送到前方去抗日。再说，后方部队驻多了，经费亦有困难。所以，部队经常留守在竹沟的只有两三百人，但因为这是我党领导下有主义有思想的人民武装力量，所以顽固派和敌人便不敢轻易进攻了。

最后，也是最主要的，是由于党中央的正确路线。遵义会议后，在毛泽东同志的领导下，中央形成一整套正确的、完整的政治和军事路线。这是马列主义和中国革命实践结合的典型，依照这条路线去做，无往而不利。

党的六中全会之后，毛泽东同志的亲密助手少奇同志，又亲自来竹沟主持和布置中原局的工作，使得竹沟和各个中原抗日根据地的工作获得了明确的方针。

筹款记

王国华

卢沟桥事变时，我国东北三省和华北的大片领土，都已沦丧在日本侵略者的铁蹄之下。不久，我豫南红色游击队根据上级的指示，编成了豫南人民抗日军独立团，并决定向地主富豪筹集款粮，添置枪械，时刻准备开赴抗日前线。

向地主富豪筹款，是一种复杂的斗争。对地主阶级中的开明分子，我们采取了晓以民族大义，进行团结说服的方法。确山申集有个姓宁的开明士绅，我们请他到抗日军独立团营地来，向他讲了日军侵华、国事危急的形势和枪口一致对外、团结抗日的道理。他听了十分感动，因为他懂得：敌人来了，固然首先是劳动人民遭殃，同时也威胁到自己的利益。在此前提下，他回家后，居然立刻送来现洋 1000 元，并逢人便说："仁义之师，不可不助。"有人污蔑共产党杀人放火，他拍案反驳道："胡扯！在民族存亡危若累卵的严重关头，不计前仇而疾呼枪口对外者谁？置个人生死于度外，以救国救民为己任者谁？请问骂他们的人，还有没有民族良心？"以后，他把侄儿也送到抗日军独立团来了。

但像这样的开明士绅，在地主阶级中只是少数。多数地主富豪，听说我们要筹款抗日，都在鼻子里哼哼冷笑。对这些土豪劣绅，我们采取了"先礼后兵"的对策。

信阳大梨园有个大土豪，我们给他写了一封信，信上说："抗日救国，人人有责，望能慷慨解囊，以助军威。"土豪回信说："区区小事，何足挂齿，但请贵部割下人头千个，头来钱往，交易公平。"战士见信后肺都要气炸了。

三日后，我们扮成国民党保安队模样，假缚着几个战士，直奔大梨园而去。

"站住！"土豪的"看家狗"在炮楼上喝道，"哪里的？"

"县大队。"冯景禹副团长回答。

"有何贵干？"

"混蛋，没看见我们办土匪吗？"

寨门开了。土豪把我们迎进堂屋，让在罗圈椅上，捧上热茶说："长官惠临小寨，兄弟有失远迎，恕罪恕罪。"我喝着热茶说："哪里，哪里，没有把人头带来，还请寨主包涵。"他一听，明白了我们的来历，直吓得面如土色，筛糠似的哆嗦起来。但他一眨眼，又露出一副笑嘻嘻的嘴脸，假装正经地说："贵部筹款事，俺早已准备停当，前日那事，只是戏言，嘿嘿，戏言。"说毕，便走马灯似的团团转着，张罗杀猪、宰羊去了。

我们正在哑笑，忽然门帘一闪，进来一个地主婆娘。她斜着眼，扭捏着水蛇般的腰身，踅个圈儿，就要歪在周骏鸣团长的身上。周骏鸣同志生气地一跺脚，大声喝道："放肆！"这女人号了声"妈呀！"拔腿就跑，引起了一阵哄笑。

我们又叫来那个土豪，对他说："眼下国难当头，你的面前，只有两条路，一条是甘当民族败类，破坏团结抗日，走这条路的人，人民绝不原谅。一条是爱国抗日，走这条路，人民会不念旧恶。何去何从，请快快决定。"

他旗杆儿似的立在那里，侧耳听了，忙谄笑道："古语说，'天下兴亡，匹夫有责'，今日经长官，呵，不，经同志，哈哈，经恩公指点，使我顿开茅塞，为了抗日救国，敝人愿效犬马之劳。"说罢，连忙吩咐家人，抬出 1000 元现洋。

离开大梨园时，我告诉他："你已经为抗日做了件好事，人民会记着的。"

他连声说："荣幸，荣幸。"接着又唉了一声，叹出一口气来。

1937 年秋天，我们同鄂豫皖边区红一营会合，到信阳县蔡冲筹款。蔡冲是一群土豪的老窝，他们听说红军要来筹款抗日，早已在围子内架起了洋枪、土炮。我们在苍茫雨雾里远望蔡冲，只见碉堡高耸，大门紧闭。看来不能强攻，只可智取。

枪声响了，扮成土匪模样的游击队员们，由周骏鸣同志率领，扑向蔡冲。他们一面乒乒乓乓地打枪，一面阴阳怪气地喊着绿林黑话。土豪们以为是土匪来"绑票"，正要迎击，忽听远处枪声大作，扮成保安团模样的红一营，尾追"土匪"而来。于是"官兵"和"土匪"在蔡冲围子前，虚晃着刀枪，对打起来。土豪们怎知这是做戏，还命令众喽啰呐喊助阵呢！待时机成熟，一营的机枪手朝天放了一阵机枪，"土匪"们立刻朝北山逃去。一个姓蔡的土豪见了，忙迎出围子，指手画脚地说："这帮土匪，真是有眼不识泰山，贵军才放了几枪，他们就鞋底抹油——溜了。"

我说："是呵，有眼不识泰山的家伙，实在不少哩。"他哈哈笑了一阵，一躬腰说："里边请。"

进了围子，姓蔡的土豪正洋洋得意，冷不防被装成官兵的战士缚了起来。

他翻着眼皮说道："嘿，弟兄，不要误会！"话没落音，只见刚才被"官兵"打散了的"土匪"跟"官兵"一起，笑语连天地开进了围子。

我故意问战士们："喝茶、抽烟没有？"

战士们回答说："没有。"

"嘿，蔡先生，帮你打土匪，怎么连烟茶也不招待？！"

战士们哄地笑了，那个姓蔡的土豪在笑声里垂下了头，连声叹着："佩服，佩服！"

蔡守恭是这个围子里最富的土豪，但是，找遍全围子，也不见他的影子，倒是在一个佃户家里，找见了一个穿戴讲究的胖女人。我觉得这女人蹊跷，便问佃户的媳妇："她是啥人?"佃户的媳妇张张嘴,又合上了。胖女人瞪她一眼,她忙说:"是俺娘家人。"战士们插嘴说:"你家这样穷,她咋吃恁胖呵?"战士们把胖女人拉出来,一打听,原来是蔡守恭的老婆,蔡守恭却跑掉了。

这个财主婆又野又泼,死也不肯说出钱财在哪里藏着。我们虽给那个姓蔡的土豪松了绑,对土豪们讲了团结抗日的道理,但这群土豪,仍旧吞吞吐吐,不肯献款抗日。我们只好打开土豪的粮仓,赈济了穷苦农民,然后唱着歌,离开了蔡冲。不久,蔡守恭的一个佃户暗地里告诉我,蔡家的钱财都埋在他自家的猪圈里。于是我们第二次来到蔡冲,按照佃户提供的情报,果然在蔡家猪圈里扒出几个大坛子,里面装满了金银财宝。有了大梨园和蔡冲的样子在,确山、信阳、泌阳的土豪劣绅,都变得老实起来,开明士绅也被我们争取到抗日民族统一战线里来。

只有半年光景,我们已筹集了大批军款,添置了不少枪。次年初春,这支抗日武装由周骏鸣同志率领开赴前线去了。以后这支武装扩编为新四军二师,在抗日战争的烽火里立下了赫赫战功。

夜袭贾楼

祝平安

　　1937 年七七事变以后，国民党政府在全国民众和爱国民主力量的强大压力下，虽表面上接受了我党提出的共同抗日主张，但实际上并没有停止对我抗日根据地和革命武装力量的"清剿"。驻豫南的国民党军队更是甚嚣尘上，经常向鄂豫边游击区和游击队发动猖狂的进攻，在此形势下，边区地方反动势力蠢蠢欲动，与国民党保安团队相互配合，破坏我党的地下组织，拉丁抓夫，为国民党反动派打内战卖命。泌阳县的贾楼联保处，就是其中的一个。

　　贾楼，位于泌阳县城东北约 30 公里处，处在我鄂豫边游击区的边沿。这里的联保主任王太华是一个恶贯满盈、罪大恶极的反动党棍和地霸，经常唆使其爪牙、保丁抓丁拉夫，勒索钱财，无恶不作，被当地群众恨得咬牙切齿。为了消灭这股反动势力，豫南人民抗日军独立团根据鄂豫边区省委的指示，决定攻打贾楼土围子。

1937 年 10 月 26 日晚上，独立团政委王国华把副团长冯景禹和我这个手枪班班长等人找去，一起分析敌情，研究攻打贾楼的方案和部署。王国华同志气愤地向我们介绍情况说："经过了解，现在围子里关押了 200 多个壮丁，都是穷家苦户，无钱赎的人，据说三两天就要向上押送。不少乡亲哭着来找我们，请求独立团帮他们救出亲人。"

　　听了王国华同志的一席话，同志们心里好像压了一块石头，憋得透不过气来。我使劲拍了一下大腿，说："打掉这个土围子，把亲人救出来！"其他同志也都应声而和。王国华同志见大家求战心切，便决然地说道："那好！我们马上打。关于这个土围子，我把摸来的情况，给你们讲讲。"

　　贾楼围子比较坚固，方形，围墙有 5 米多高、1 米多宽，墙上有路，可以走人和射击。围墙上筑有 4 座炮楼，其中东门、南门、北门炮楼，可以组成交叉火力网。围墙外有铁丝网和 3 米宽的旱沟。从整个工事看，是一个防御力很强的"堡垒"。围子里有一支 30 多人枪的武装。联保处主任王太华的家就在靠西围墙中心炮楼不远的地方，200 多名壮丁被分别关押在三个炮楼上，有保丁在炮楼外监视，巡逻很严，派小部队很难打进去。

　　王国华同志介绍完情况后，用商量的口气说："这次行动困难不少，咱们研究研究，看看怎么个打法好。"他的话音刚落，大伙儿便七嘴八舌地议论起来。最后，王国华同志根据敌情地形和大家的意见，确定了一个攻打贾楼的具体行

50

动方案。

入夜，王国华政委和冯景禹副团长带领队伍来到靠近贾楼东南五六公里的地方隐蔽下来，让队伍先在这里休息一宿，养好精神。次日，大家根据各自的分工，去准备破铁丝网的工具，以及登墙用的绳索，一切准备工作就绪后，天色已黑下来。于是，冯副团长便带着担任突击任务的手枪班出发了。步枪班则由王国华政委带领随后跟进。到达贾楼时，天已漆黑，我们借着夜幕的掩护，悄悄地向寨前摸去。

按照战斗部署，我们从围寨的西南角迅速地破开铁丝网，越过旱围沟，接近了土围墙。然后，我们选择了一处把守不严的空隙，架起人梯，向围墙上攀登。正在这时，远处围墙上突然闪动起几个亮点，一支保丁巡逻队提着煤油灯，吆三喝四地朝这边走过来。气氛骤然变得紧张起来，大家急忙贴紧围墙，屏住呼吸，警惕地注视着敌人。殊不知，保丁大呼大叫是为了壮胆，他们毫无目标地胡乱吆喝着，很快就从我们上面走过去了。事不宜迟，我们马上搭人梯把两个队员送上围墙，他们又用绳子一个个把我们朝上拉。待大家全部上墙后，冯副团长命令两个战士留下来接应后续部队，其余人则跟着他按计划行动。

进入围子后，我们直奔联保主任王太华的庭院。由于这天晚上王太华带着乡丁在西炮楼里宿守，所以当我们撬开他的屋门后，用电筒一照，发现屋里空无一人，也就在这时，炮楼上的保丁发现了我们，大声咋呼起来："不好了，老共打进来了！"接着围墙上便响起了"砰砰啪啪"的枪声。枪声一响，整个寨子里骚乱起来。

"大家快分散隐蔽到各门楼下！"王国华同志带着后续部队及时赶到，他看情况紧急，急切地向战士下了命令。

趁这工夫，我们向王国华同志汇报了战斗情况，为了擒住王太华，他果断下令向西炮楼发起攻击。

我带着王兆七直奔联保主任王太华据守的西炮楼，在进击的路上，王兆七不幸被子弹打穿头部，倒在血泊中牺牲了。由于西炮楼火力密集，王国华同志命令我带手枪班攻打处在围子东南角的炮楼。我们占据有利地形后，边射击边喊"缴枪不杀"。守在炮楼里的保丁见势不妙，都狼狈地溜掉了。接着，我们乘西炮楼的敌人被我火力压制之机，砸开关押壮丁的炮楼门，把200多名壮丁全部解救出来。这些受难的青年人非常激动，紧紧地握住我们的手，表示谢意，我们顾不得多说什么，只是告诉他们，快一点冲出围子。可他们不肯走，纷纷要求参加战斗，我们只好同意了。此时，王太华仍龟缩在西炮楼里，幻想等待驻守在15公里外牛蹄镇的国民党军队来援，因而负隅顽抗，死不投降。

天色已近拂晓，我们开始对西炮楼发起了强攻，炮楼里的几个保丁趁我不备，从炮楼上系下绳子，偷偷地溜下来，欲绕道北门逃跑，我们立即展开追击，很快将其歼灭。

战斗到此就结束了。除跑掉几个保丁外，其余全部被我们活捉或击毙，共缴了20多支长短枪。王太华罪大恶极，被处决。

　　天亮了，贾楼寨子里一片欢腾，全寨的群众兴高采烈，争着给我们送水送饭，表达对子弟兵的深深感谢。过午，驻守牛蹄镇的国民党军队闻讯赶来，可哪里还有独立团的影子！我们早已转移，又去迎接新的战斗了。

竹沟暴动

周庆鸣

  西安事变和平解决之后，国民党蒋介石慑于全国民众和爱国民主力量的强大压力，表面上虽接受了中国共产党联合抗日的政治主张，但实际上却毫无诚意，仍旧频繁地调兵遣将，对中国共产党领导的抗日武装屡屡发动进攻，挥舞屠刀疯狂"清剿"革命根据地。但是，党和人民是不会被反动派的"清剿"和屠杀吓倒的。在豫南桐柏山区，活跃着一支由共产党员周骏鸣、王国华等同志领导的红军游击队。他们打土豪，剿土匪，锄奸霸，救民众，深受老百姓欢迎。

  1937年初，这支队伍已发展到100多人，为了抗日救国，鄂豫边区省委和红军游击队主动派出代表与国民党东北军进行谈判，要求停止内战，一致抗日。然而，国民党地方反动势力与其上司异曲同工，顽固坚持假抗日、真反共的反动立场，妄图将游击队消灭。当时处在游击区中心地带的竹沟镇联保处就是最典型的一个，经常派队骚扰边区群众，偷袭地下工作人员。

竹沟位于豫南确山县城西 32 公里的边缘山区，处在确山、泌阳、桐柏、信阳四个县的接合部。这里群山环抱，层峦叠嶂，树木葱茏，中间是块盆地，只有几条山间小路与外界相通。竹沟镇就坐落在这块小盆地之中，弯弯曲曲的大沙河穿过镇子，由北向南蜿蜒流去，河岸上生长着成片的竹林、芦苇，高大的白杨亭亭玉立，草木如遮如盖，是个能藏能打，便于开展游击战的好地方。

竹沟镇虽不大，却设有国民党的一个联保处，内有一个联保主任、四个保长和一个镇长。这几个家伙在镇内修筑了四座炮楼，各自豢养了一批打手，其中势力最大、最反动的要数联保主任徐景贤。这家伙原是竹沟南 4 公里外大罗庄的大地主，是个反动透顶的国民党党棍。他明争暗夺，肆意向外扩张，霸占良田四五百亩，还在大罗庄和竹沟各建了一处庄院，修筑了炮楼。他的身边有 30 多个打手，掌握着 40 条长枪和 4 支手枪，欺压百姓，鱼肉乡里，恶贯满盈，并公开扬言"与共产党不共戴天"。一次，有 7 个商贩路过竹沟，他硬说是共产党，将其全部杀害，抢走了财物。当地群众提起他，无不咬牙切齿。

1937 年 4 月的一天傍晚，我回到竹沟，与进步群众杨秀峰一起，利用过去的人缘关系，串联了镇里的张运亭、李贯英、刘文启、贾彦林等进步青年。从这天起，我们夜里常常聚到杨秀峰、张运亭、张继遂家里开会，学习革命道理，宣传抗日思想，进行暴动前的思想发动和组织准备工作。不久，我看到大家的心齐了，就在一次会议上宣布了暴动一事。大家听后非常激动，个个摩拳擦掌，浑身是劲，表示一定完成任务。接着，我们又坐下来具体研究了斗争策略和行动方案，对竹沟的反动分子进行了"排队"。我们感到联保主任徐景贤、保长陆子堂和张子申坚持反动立场，破坏团结抗日，欺压百姓，应列为打击对象；镇长周全彬比较开明，可以争取利用。经过研究，我们定了三个步骤：第一步是发动群众，取得群众的支持；第二步是利用徐景贤一伙的内部矛盾，分化瓦解他们；第三步是重点打击徐景贤。

我们即开始做宣传发动群众的工作。竹沟人民具有光荣的革命传统，早在国共合作的北伐战争时期，就踊跃参加由共产党人张家铎、张跃昶和杨靖宇等同志领导的确山农民暴动。数万武装农民打下确山县城，活捉了反动县长王少渠，成立了临时治安委员会。在确山暴动影响下，竹沟地区的广大农民组织起来，建立农会，打死了竹沟镇恶霸地主李锡爵，声震豫南鄂北，沉重地打击了地方反动势力。我们利用这一群众基础，秘密地走门串户，逐个发动他们。同时，抓紧做好分化瓦解敌人的工作。我们知道，徐景贤的一个护兵叫张国清，陆子堂的护兵叫白顺清，这两个人家境贫寒，为生活所迫才当了保丁。过去，我们和他们俩也多少有些交往，而且李贯英与白顺清的来往较多，张运亭与张国清也比较熟悉，我就利用这层私人关系，让李贯英和张运亭去做这两人的工作。经过多次活动交涉，我们把张国清和白顺清争取了过来。他们俩都表示要坚决干掉徐景贤和陆子堂，为人民除害立功。镇长周全彬是个开明士绅，我们通过他的护兵祝长德去做工作，向周反复讲明我们党的政策，最后周全彬表示不干扰我们的行动，争取立功赎罪。另外，我们还了解到徐景贤与当地土匪罗士礼、毛希有之间有尖锐矛盾，认为完全可以利用罗士礼、毛希有的力量来打击徐景贤。经过反复讲政策、做工作，罗、毛二人也答应助我们一臂之力。

参加这次武装暴动的都是些血气方刚的青年人，我们从来没有经历过这种斗争，胸窝里都像揣着个小兔子，怦怦直跳。当时敌我力量悬殊，徐景贤、陆子堂、张子申等共有长短枪七八十支，100 多个打手。我们一共才十多个人，2 支驳壳枪、1 支"小八音"枪及 12 发子弹。经过反复研究，我们决定于 12 月 1 日举行武装暴动，并认真做了战斗部署。确定由我和杨秀峰带领一部分人，负责消灭徐景贤等恶霸，智取竹沟镇。王勋同志带领农民小分队扼守在竹沟北面的北关沟。罗士礼、毛希有卡住郭庄和尤楼两处要地，防敌人逃跑。会后，我们这个小组利用一些亲戚朋友关系，决定设宴招待徐景贤和张子申，在筵席上把他们干掉，并立即向徐、张二人发了请帖。11 月 28 日上午，当一切正按计划顺利进行时，镇长周全彬的护兵祝长德慌慌张张跑来报告说："不好了，可能有人泄密，徐景贤突然在炮楼上来回察看地形了。"糟糕！这突如其来的情况使我的心一下子提到了喉咙眼。如果敌人真的发现了我们的计划，先我们下手，后果将不堪设想，情况紧急，刻不容缓，我们决定于当夜召开紧急会议，研究应急措施。

这天夜晚，天就像倒扣下来的一口锅，漆黑一片。炮楼上不时传来拉动枪栓的声音，还偶尔伴有一两声"汪汪"的狗叫。杨秀峰家里的饭桌上放着一盏小油灯，我们就围着桌子召开会议。开始，大家一言不发，为这突如其来的变故陷入了沉思，空气也仿佛凝固了，只有油灯芯发出"嗞嗞"的声响。"是谁出卖了我们？"有位同志打破了沉闷的气氛。接着，大家七嘴八舌地议论起来。我说："是谁泄密已来不及查了，敌人只知道我们 12 月 1 日才行动，如果我们提前行动，就可以打他们个措手不及。"大家认为我的意见可行，便决定改变原先的计划，把暴动时间提前到 11 月 29 日，利用群众赶集的机会发动突然袭击，一举消灭敌人。我们计划第一步打死徐景贤的贴身打手王占奎，来个"打虎先拔牙"，然后占领各炮楼和寨门楼。由张国清、白顺清和祝长德三人下手，分别杀掉王占奎、陆子堂和张子申。

11 月 29 日一大早，竹沟集镇上赶集的人就熙熙攘攘起来，买的卖的，好不热闹。叼着香烟倒背着枪的保丁，像往常一样跑到寨外集市上，抓鸡摸狗抢东西去了。我们见此光景，心中不觉一喜，看来敌人并无防备。八九点钟的样子，张国清依计到徐景贤那里邀请王占奎到张运亭家里吸大烟。这个大烟鬼一听说有烟吸，立刻咧开大嘴笑了。他把双枪朝腰间一别，鼻子哼着小调，便跟着张国清来到张运亭家里。王占奎一进屋，就急不可耐地躺在床上，跷起二郎腿，然后歪着脑袋贪婪地猛吸起来。张运亭强装笑脸，一面给他烧烟，一面和他闲聊。趁他正吸得上瘾，张国清迅速从地上拿起一只小板凳，用力朝王占奎的头上砸去。王占奎"哎呀"一声惨叫，像死猪一样躺倒床上。张国清怕他没死，又朝他头上连砸几下，送这个大烟鬼上了西天，并缴了他的两支手枪。此时，李贯英已上了东门楼，张国清、张运亭、杨秀峰也迅速赶到，各自抢占了有利位置。

初战的胜利激励着我们，催促着我们，成败在此一举。我们的心情异常紧张，求胜之心更加迫切。在东门楼上，李贯英发现陆子堂提着一支手枪正站在门楼下窥视，当即拔出"小八音"朝陆打了两枪，但没有打中。陆子堂"哇"的一声怪叫，掉头朝街里跑去。白顺清眼疾手快，大骂一声："看你往哪跑！"说着举枪瞄准陆子堂的后背，"啪"的一枪，陆子堂号叫了一声，便四脚朝天栽倒在街心。枪声一响，集市上像炸了锅，一片惊呼乱叫。正在集上打掳的保丁慌忙丢掉抢来的东西，抱头鼠窜。有两个家伙尖叫着朝寨里奔来，李贯英站在门楼上高喊："站住！"接着"啪啪"两枪，结果了这两条狗命。远处的保丁见势不妙，谁也不敢再进寨门，慌乱地四散逃命。

这时，老奸巨猾的徐景贤正在家里抽大烟，忽听外面响起枪声，便提起手枪朝炮楼上跑去，刚接近楼口，早候在炮楼上的祝长德即伸出枪，向他瞄准射击。老贼发现黑洞洞的枪口正对着自己，就地打了一个滚，爬起来往回跑。祝长德忙扣动扳机，谁知是个哑火，无奈，只好跑下炮楼追赶。此时街上的人已乱成了一锅粥，眨眼间，徐景贤钻进人群中不见了。

"决不能让他跑掉！"我们断定徐景贤跑不出镇子，就立即布置警戒，组织搜索。同时召集群众，讲明政策，发动大家帮助搜查，使徐景贤陷入了人民群众的重重包围之中。但奇怪的是，三个小时过去了，还没有找到他，大家急得直跺脚。就在这时，一个名叫张锦铭的群众气喘吁吁地跑来报告，说他知道徐景贤的下落，我们急忙按照他的指点赶去搜索，结果了这个恶贯满盈的坏货，为当地人民除了一害。消息一传开，竹沟镇和周围村庄的群众都奔走相告，无不拍手称快。然而遗憾的是，这次战斗却让张子申给溜掉了。

第二天，天刚蒙蒙亮，我们让张运才带一部分人留守竹沟镇，大队人马则离开这里，直奔大罗庄，去抄徐景贤的黑窝。有道是树倒猢狲散，我们的队伍一开进大罗庄，那些平时狐假虎威，骑在群众头上拉屎拉尿的保丁、管家，都像断了脊梁骨似的瘫倒在地。结果，我们一枪未发，便缴了20支枪。接着，我们打开徐景贤家的仓库，把粮食和衣物分给群众。这次斗争的胜利，进一步鼓舞了人民群众，有不少青壮年参加了暴动队伍，我们的力量更加壮大了。

我们带着胜利的喜悦，扛着枪，昂着头，满载而归。可是，当我们快接近竹沟时，发现有马队绕竹沟镇奔跑。这时有人向我报告：是土匪王战魁进镇了，少说也有千把人。"怎么回事？"我大吃一惊，"不行！我们取得的胜利果实绝不能让土匪抢去！"我马上去找负责留守竹沟镇的张运才。刚走到竹沟西门口，正好碰见他。我问他是怎么搞的，他说："你放心，他们是我请来的，我和王战魁是拜把子兄弟。"我一听顿时火冒三丈，原来是张运才出卖了我们。由于敌我力量悬殊，我还想利用张运才去找王战魁谈判，把土匪赶出去，所以我就憋着气，没有对他发火。

我和杨秀峰、张运亭等几位同志商量后，就带着张运才去找王战魁。在王的住所门口，有两个持花眼手提机枪的土匪把守。一进屋，只见王战魁腰插两支驳壳枪，像只大虾米一样蜷曲在床上抽大烟，七八个脸色蜡黄、带着大烟鬼相的保镖分站两旁，用贼溜溜的眼睛盯着我们，气氛十分紧张。我镇定地向王匪提出，竹沟是人民的竹沟，必须无条件退出去。王战魁以土匪队伍要休整几天为由，没有答应我的要求。我们看出王战魁还想在竹沟镇大捞一把的险恶用心，又向他提出，不准他的人在竹沟镇拉人绑票，烧杀抢掠，但要准许竹沟的群众朝外迁。王战魁在我们的威逼下，无计可施，只好支支吾吾地答应了。之后，我们立即动员群众暂时迁出竹沟，到石滚河和马卜寨两地避一避，免遭涂炭。不久，王国华、周骏鸣派邓一飞、周凤泉两位同志找王战魁谈判，让他交出竹沟，结果被他残忍地杀害了。接着，我们了解到王战魁企图吃掉我们这支暴动队伍，于是离开竹沟上了北山。

王匪并不甘心，派人四处侦察，但一连四五天也没有找到我们的行踪，这下他慌了手脚，因为他害怕周骏鸣、王国华的大部队来吃掉他们，想逃跑。临逃之前，王战魁还想再捞一笔，带着一帮土匪到竹沟以东的马卜寨抢劫。我们英勇的马卜寨自卫队设下埋伏，一场激战，打死了王战魁，其余残匪纷纷溃逃，留在竹沟镇的土匪得知头子被打死了，也都离镇逃去。这样，我们第二次胜利地返回了竹沟镇，并在群众的帮助下，捉住了上次逃走的保长张子申，将其处决。此外还查出并枪决了向徐景贤告密的周凤霖。只有内奸张运才随土匪溜掉了，直到新中国成立后才被我人民政府镇压。

1938 年 1 月 13 日，红灿灿的阳光从云层里透出来，照耀着竹沟的山山水水，壮丽的景色美不胜收。竹沟人民像欢庆盛大节日一样，敲锣打鼓，热烈欢迎我豫南人民抗日军独立团。在阵阵锣鼓声中，周骏鸣、王国华率领队伍，浩浩荡荡地开进竹沟镇。后来，我们这支暴动武装也被编入了独立团。大家日日盼夜夜想的这一天，终于来到了，每个同志都激动得热泪盈眶。从此，红军游击队有了更加巩固的根据地，竹沟人民有了靠山，扬眉吐气。

向周副主席汇报*

张明河

1937 年 12 月下旬的一天，天气寒冷，大雾弥漫，平汉线上，一列从广水开出的火车，正由北向南，风驰电掣般地呼啸飞奔。

在露天车厢里，我和红二十八军政委高敬亭等四人，身着军服，盘腿坐在乌黑潮湿的煤堆上，前去武汉八路军办事处汇报工作。列车奔驰如飞，沉重而有节奏的车轮滚动声，不仅早把我们的心带到了敬爱的周恩来副主席身边，而且也使我回想起了不久前同国民党谈判的情景。

卢沟桥事变以后，国内形势发生了很大变化，日军大举进攻华北，全国的抗日烽火迅速燃起。为了抗战，我党主动提出与国民党实行合作，把主力红军改编成了八路军。江南红军游击队也正要改编为新四军。在这种形势下，鄂豫边红

---

* 本文原标题为《赴武汉向周副主席汇报》，收录时做了适当修改。

军游击队改编为豫南人民抗日军独立团，并与国民党信阳专员武旭如等人进行了数次谈判。但由于国民党方面玩弄和谈阴谋，妄图借谈判之机消灭我独立团，没有达成最终协议。12月初，鄂豫边区省委决定由统战部部长刘子厚和我，赴开封同国民党豫皖"绥靖"公署主任刘峙继续谈判。我们到达开封后，了解到武汉设有我八路军办事处，刘子厚同志就和我商量，由我赶回鄂豫边区向省委汇报。省委听取汇报后，根据当时的形势，按照党中央向国民党提出划陕甘苏区为特区的做法，起草了一份划鄂豫边为小特区的文件。大致内容为：特区不受国民党管辖，独立团保持独立性。接着周骏鸣团长指示我和他的警卫员谭建林，到武汉汇报工作，并要我们俩先绕道红二十八军，通知到那里领取服装的省委组织部部长胡龙奎带人归队。为了途中安全，我们俩把红五星军帽装进挂包里，戴上国民党的青天白日帽，在白区里走了几天，顺利地来到了红二十八军军部驻地七里坪。在这里，我向胡龙奎转达了周团长的意见。他听后即吩咐来领取服装的战士归队，他本人则和我一起，随同高敬亭政委，由广水登车到武汉来了。

八路军办事处设在武汉日租界中街86号。半个月来，它成了我心中向往的地方。偏午，我们在大智门下了火车，迎着凉飕飕的东北风，沿街而行，不多时就来到了八路军办事处的大门外。顿时，一股暖流涌上大家的心头。是啊！这里同我们所见过的那冷冷落落的国民党军政办事处大不一样。只见街上车水马龙，八路军办事处门前宾客盈门，从楼里走出的人，个个春风满面，精神抖擞。瞧着这场面，我心里不由得增添了一股对周副主席的敬仰之情。大家站了片刻，确定让我先进去报告。我忙点点头，又正正帽檐，兴奋地向办事处里走去。那天周副主席十分繁忙，但听说我是鄂豫边区省委的代表，是豫南人民抗日军独立团团长周骏鸣派来的，马上答应和我见面。我刚要走进周副主席的办公室，他已迎到了门口。我不禁怔住了，忙立正敬礼。周副主席点点头，热情地和我握手，让座，他那政治家的风度，热情的眼神，亲切的谈语，使我由衷景仰。我两眼直直地望着他，激动得一时不知说什么好。待我稳定下情绪，说明了身份和来意后，周副主席说："我想你们省委的骏鸣同志早就该来的嘛！他没来，你来也行。没有电台真误事，你回去时带部电台去。"

我忙说："周副主席，高敬亭政委还在外边呢！"

周副主席一听，立刻笑着说："怎么不进来，快让高政委进来呀！"说着就下了楼。

我抢先几步出了大门，对高敬亭政委说："周副主席出来了。"

高敬亭政委惊讶地"啊"了一声，忙走上前去，刚要举手敬礼，就被周副主席拉住了。周副主席对他说："位老（指郑位三）来电报说你动身了，我正要派人去车站接，你就到了。"上楼后，周副主席又亲切地对我们说："你们就住在这里，休息一下，咱们明天再谈。"

第二天的汇报会是在一个不大的会议室里进行的，主持会议的是周副主席，王明、博古分别坐在他的两边。会上，傅秋涛同志首先做汇报，他讲的时间比较长。接下来是高敬亭同志做汇报，他们讲的中心内容都是游击战争中，苏区被分割，与中央和上级失掉联系后的内部团结问题。轮到鄂豫边区汇报时，我请省委组织部部长胡龙奎汇报，胡龙奎摆摆手说，他刚从延安到鄂豫边区，不了解情况。周副主席便两眼瞧着我，说："张同志，你讲吧！"

我当时是独立团一营政委，在这种场合发言还是第一次，心情十分紧张，一时间不知从何处开口。我静了静气，向周副主席汇报了鄂豫边区省委同国民党谈判的情况，还汇报了鄂豫边区红军游击队的发展壮大等情况。当我汇报到1937 年 4 月间，东北军周福成部开到桐柏山区后，该师中的顽固派抓走我省委宣传部部长邓一飞及高庄赤卫队队长高大娃，并把他俩押进开封"反省院"时，周副主席生气地说："你停一下。"接着喊进来一个姓刘的年轻人，又指指我说："你再说一遍！"

我有些诧异地望望周副主席，又望望刚进屋的小刘，接着说："东北军中的顽固派还逮捕了我王店区委书记姜宗仁，因找不到证据，后来姜宗仁被赤色群众平原海等人保释了。"

周副主席听后大声问小刘："你不是对我说，桐柏山区没有红军游击队，只有零星的土匪吗？这就是你说的土匪吧?"小刘红着脸,低下了头。我看到小刘有些尴尬,忙打圆场说:"我们的力量还很弱,也没有什么通信工具,主要是我们与上级联系汇报得不够。"

接着,我汇报了周骏鸣同志从陕北回来后,把鄂豫边红军游击大队改编为豫南人民抗日军独立团的情况。周副主席听到这里,立即直起了身子,对每个团、营干部都详细地询问了一遍。当我讲到国民党信阳专员武旭如企图让周骏鸣团长下山谈判,而后将其扣留,逼迫独立团投降的阴谋没有得逞时,周副主席严肃地说:"在江南他们占过便宜嘛,你们警惕性高,不然也会吃亏的。"当我掏出带来的那份文件,汇报我们准备在鄂豫边搞个小特区时,周副主席把文件要过去看了看,笑着说:"陕甘宁党中央所在地,国民党尚且迟迟不承认,你们只有一个团,也想搞个小特区,国民党怎么会承认呢?"最后,当我讲到我和刘子厚到开封后,刘峙不出面谈判时,周副主席问:"你离开开封有多少时间了?"我回答说:"有个把月的样子。"

周副主席点了点头,说:"中央已有决定,大江南北的游击队,统一改编为国民革命军新编第四军。江北这两部分红军编为新四军第四支队,由高敬亭同志任支队司令员。豫南人民军独立团改编为第四支队第八团队,由周骏鸣同志任团长。"宣布决定之后,周副主席介绍我去找项英副军长解决通信设备问题。汇报会一直进行到中午才结束,我们与会代表一直很激动,心情久久不能平静。

晚上，叶挺军长在灯火辉煌的大厅里设宴招待各游击区赴武汉汇报的代表，气氛十分热烈活跃。宴会开始时，叶军长举杯说："我代表周副主席再次向大家问好！"顿时，全体起立，举杯以致谢意，我也禁不住流下了热泪。宴会后，项英副军长给我们独立团发了一部电台和部分现款。1938年1月初，我和上级派来的朱茂绪、贺德斌、褚学忠等人带着长江局和周副主席的指示，回到了鄂豫边区，开始参加第八团队整编东进的准备工作。

邓焦保卫战

毛世昌

　　1938 年 1 月，正值鄂豫边区省委与国民党河南省政府停战谈判刚刚达成协议之际，泌阳县反动政客王友梅勾结宛西 13 个县的民团司令别廷芳，悍然出动一个加强保安团，向我鄂豫边区特委和豫南人民抗日军独立团机关所在地焦竹园、邓庄铺发动了突然袭击。我留守人员在敌众我寡的情况下，被迫实行自卫还击，展开了一场激烈的邓焦保卫战。

　　焦竹园、邓庄铺两村南北相望，相距约 1 公里，各有数十户人家，位于泌阳县城东约 30 公里的山洼里。这里，北有云雾缭绕的白云山为倚，南有重峦叠嶂的铜峰做屏，东有莽莽的接君山相托，西有涓涓的大沙河盘绕，地形险要，易守易隐，易进易退，是一块理想的游击根据地。从 1935 年七八月建立鄂豫边区省委到 1937 年 9 月，仅两年时间，鄂豫边区十多个县的党组织都相继得到恢复和发展。鄂豫边区红军游击队历经数十次战斗，也日益壮大。

1938 年夏秋之交，在红二十八军两次支援下，又拔掉了蔡冲、邓庄铺、马谷田等反动据点，革命形势越来越好。游击队由最初的七人，逐步发展到了二三百人，公开打出了"豫南人民抗日军独立团"的旗帜。鉴于同焦竹园、邓庄铺相邻的张楼、王庄、侯庄、管邑等村镇已有我坚实的群众基础，鄂豫边特委及独立团决定改变过去的流动状况，把机关设在焦竹园、邓庄铺这两个村上。从此，焦、邓一带更加红火起来。党领导的"农民抗日自卫会"和"农民抗日自卫队"犹如雨后春笋，纷纷组织起来，农民自卫队达 1000 多人枪。同时，党还开办了农民、妇女、儿童识字班，学习文化，学习革命道理。周围各县的爱国青年、仁人志士也都接踵而至，参加革命行列。独立团队伍迅速扩大，到 12 月间，已辖 2 个营共 6 个连，还有少先队、宣传队等，达五六百人。我当时在独立团一营一连当连长，全连百十来号人，大都是 20 来岁的青年，血气方刚，争勇好胜，有着"初生牛犊不怕虎"的劲头，打仗执行任务谁也不装"熊"，可以说是团里的主力和骨干。

　　鄂豫边党的力量的增强，抗日武装力量的壮大，人民群众的觉醒，使国民党反动派无比惊恐。1937 年 10 月，国民党信阳专员武旭如纠集几个县的保安队，到信阳县邢集找我们谈判，企图以谈判为幌子消灭我们独立团。由于我方早有准备，他们的狡诈阴谋没能得逞。泌阳县大豪绅头子王友梅见武旭如暗算我革命武装的伎俩失败，不由得深表惋惜。为维护自己的切身利益，他亲自出马，找到宛西民团司令别廷芳密谋，策划对我根据地发动进攻，并拟订了一个偷袭焦竹园、邓庄铺的血腥计划。王友梅令其亲信、焦竹园的反动地主焦彬一伙做内应，令其自建的有百余人枪的联防队全部参加。别廷芳出动他的一个王牌保安团，寻机向我偷袭。王友梅还给保安团的官兵许愿说：进入"共区"抢到的东西，不管何物均归官兵；死一士兵，发给50块银圆抚恤；伤一士兵，发给20块银圆养伤。

1937年12月间，独立团团长周骏鸣和政委王国华各率独立团一部，分赴桐柏、信阳边界一带开展剿匪等活动。我带的一个连队在竹沟南边6公里的沈河镇，宣传发动群众，扩大抗日武装。负责留守焦竹园、邓庄铺的是我独立团副团长冯景禹，和一个刚组建的新兵第六连及团少先队，此外就是一些机关工作人员和一些刚从外地前来投奔革命的青年学生。

1938年1月初的一天晚上，冯副团长听说经常不在家的焦彬父子突然回到了焦竹园，感到其中必有阴谋，便和大家商量了一个智擒之策。随后，冯副团长暗带几名战士登门"拜访"。焦彬父子开始惊慌失措，后又忙着设宴招待。酒过三巡，双方的话还没有进入正题，我数名战士突然从门外闯入，眼疾手快地将焦家父子及其随从陈小相捆了起来。接着，冯副团长对其进行了审讯，但焦家父子十分顽固，拒不交代潜回焦竹园的目的。后来通过审讯陈小相，才得知他们这次潜回是为给别廷芳的保安团做内应，于 1 月 7 日偷袭焦竹园特委机关和独立团团部。战士们和群众听说后无比气愤，遂将焦彬父子就地处决。

1 月 7 日清晨，冯副团长根据特委的御敌方案，率新兵第六连和少先队在台山一带布防待敌，但一直等到日落西山，也未见敌人的踪影。这时，大家对陈小相的供词产生了怀疑，也就放松了警惕。不料第二天将近中午时分，敌人兵分三路，从邓庄铺西南的丁楼、西北的台山、正西的大道，向邓庄铺、焦竹园包抄过来。在台山执勤的六连部分战士，首先与敌人交上火。顿时，枪声骤起，打破了山乡的沉寂。留守邓庄铺的战士数量较少，见敌人蜂拥而至，遂决定放弃邓庄铺，向焦竹园撤退，以集中兵力保卫特委和团部机关。

敌人占领了邓庄铺。在台山扼守的战士们仍顽强地与敌人对峙激战，掩护特委和团部机关的撤退。与此同时，冯副团长一面调集兵力扼守要冲，一面协助特委领导全中玉等人，组织机关工作人员、青年学生和群众迅速向焦竹园以东山上撤离。

撤离工作基本完毕后，在台山作战的战士奉命撤回。冯副团长重新调整战斗部署，他自带一部分战士坚守在焦竹园与大沙河之间的丘陵上，令少先队随六连部分战士扼守焦竹园东侧的焦坡头，又派人坚守在焦竹园北边不远的山岭上，这样，就构成了从三面夹击敌人的钳形阵势。午饭后，敌人以扇面队形展开，从邓庄铺向焦竹园扑来。由于我军居高临下，又是钳形布阵，所以当敌人在邓、焦之间的开阔地上分数路同时进攻焦竹园东西二岭时，均被我交叉火力压制。于是敌人改变战术，放弃西边攻势，集中大部兵力猛攻我军焦坡头阵地，同时，令其一部穿插于我军钳形阵地之外的焦坡头东侧，妄图包抄拿下焦坡头。坚守在焦坡头阵地的六连战士和少先队员们，毫不畏惧，英勇战斗。别看少先队员年龄小，经历的战斗少，但他们都知道现在进行的是保卫红色革命根据地首脑机关的战斗，无不沉着冷静，勇敢杀敌。敌人向少先队防守的阵地发起两次进攻，均被击退。敌人恼羞成怒，从村里拆下群众的门板做"盾牌"，又向我山头猛攻。我战士各自为战，在焦坡头阵地上，钻林子、跳沟坎，时隐时现，出其不意地轮番袭击敌人。隐蔽在丛林中的群众为少先队员临阵不怯的勇敢精神所感动，也纷纷到阵地前沿配合作战。有的用土枪轰，有的搬石头砸，有的呐喊助威，打得敌人晕头转向，惶惶如惊弓之鸟。当天色逐渐黑下来后，敌人见山林中人影绰绰，杀声震天，越发摸不清我方虚实，不得不暂时罢兵，龟缩回了邓庄铺。

此时，王国华政委已得知敌人进犯我根据地的消息，即率独立团一部，昼夜兼程，于1月9日回师焦竹园。王政委听了冯副团长的汇报之后，马上做出战斗部署，要求地方党组织发动农民抗日自卫队和群众，配合独立团反击敌人。同时，号召群众坚壁清野，卡断敌人的粮食和其他军需供应。

这天，敌人派人悄悄溜至焦竹园北数里远的太山庙催办给养，令群众给他们送馍送饭，当即被我便衣战士和农民自卫队俘获。

1月10日早饭后，我方部队根据团首长的指示，佯装撤退，诱敌离村入山。敌人果然中计，兵分两路向北山、东山追击。去北路之敌在鸡窝山遭到我军农民抗日自卫队袭击。队长吴祥春率领大家边打边退，当退到太山庙的西河、门山腿时，曾受我教育感召的土匪武装头子苏文振、陶德和在我授意下，分别带三五十名武装，从敌人左右两侧突然出击。敌慌忙掉转方向，对付苏、陶两股武装。吴祥春则率队变退为攻，奋勇冲杀。敌人经不住三面夹击，遂向西南的台山方向仓皇溃退。

在台山埋伏的另一支农民自卫队，在队长杨盛奎的指挥下，迎头截击落荒之敌。我军主力部队也随即赶到台山，将敌人团团包围在山脚下。但为了团结抗日的大局，我方只是围而不歼，并故意给敌人放开了一个缺口。敌人丢下几具尸体，抬着伤员，放羊似的窜回了邓庄铺。

去东山之敌在接君山受我阻击，战斗异常激烈。这时，到武汉汇报工作转回的一营政委张明河同志，在东山正遇上指挥作战的王国华政委，他简要汇报几句后，即带人员奔至东山口，奋力阻击敌人。敌人见久攻我军防线不下，只好偃旗息鼓，向邓庄铺退去。

1月10日早晨，我接到团部要我迅速回邓庄铺围歼敌人的命令，便立即向全连做了动员，然后全副武装向邓庄铺开进。20 多公里的山路，我们仅用了 3 个多小时就赶到了。接着，周骏鸣团长也于当夜带主力部队回师。我方增添了生力军，声威大震。根据团首长的命令，独立团主力部署在焦竹园东北方向，从邓庄铺北侧实施反击。其余部队则协同农民抗日自卫队和群众，负责其他三面，构成对龟缩在邓庄铺之敌的战术包围。同时，我们还在村西的孤山前后设下伏兵，截断了敌人回泌阳县城的退路，可说是让敌人插翅难飞。我方的部署基本完成后，即采取战地喊话等形式，向敌人展开政治攻势，宣传"大敌当前，枪口对外，团结抗日，共赴国难"的道理。敌团士兵本是宛西各县征派的农民，谁家没有父母、妻小，更何况已成为瓮中之鳖，听了我方的宣传，都大骂王友梅不肖。有的还直接找到保安团长大哭大叫说："我们上了王友梅的当了！"我军从团结抗日的大局出发，主动撤下邓庄铺两边的围攻兵力，给敌人放开一条生路。敌乘夜半天黑，狼狈地逃回了泌阳城。

鄂豫边区军民在邓庄铺、焦竹园所进行的这场保卫战，是三年游击战争中同国民党军队的最后一仗，也是在这块游击区上，双方投入兵力最多、规模最大的一次战斗。敌方投入兵力 1000 多人，而且是别廷芳的主力团。我方共有五六百名独立团战士陆续投入战斗，另有农民自卫队武装和群众给予了有力配合。保卫战持续了三天多，敌军伤亡四五十人，我军仅有一人负轻伤。虽然邓庄铺村民的部分财产遭受了抢劫，但保卫了特委及团部机关，粉碎了敌人的阴谋，鼓舞了部队士气，在群众中扩大了政治影响。这是鄂豫边区军民保卫红色游击根据地的伟大胜利，也是人民战争的一次伟大胜利。

鄂豫边游击队的经历[*]

王 勋

鄂豫边红军游击队在艰难困苦的南方三年游击战争中，历尽艰险，百折不挠，胜利地开辟了鄂豫边游击根据地，在游击战争史上写下了光辉的一页。

1937 年 7 月以后，由于鄂豫边区省委和红军游击队认真贯彻执行党中央及朱德总司令关于猛烈发展游击队的指示，又由于红二十八军的两次支援，鄂豫边区的形势发展很快，仅两个多月时间，游击队就由五六十人迅速扩大到二三百人。9 月下旬，为了积极配合全国日益发展的抗日形势，游击队根据边区省委的决定，改编为豫南人民抗日军独立团。

这年 7 月下旬，游击队就开始改编的准备工作了。事先专门对战士进行了改编教育，提出了改编的目的和要求，在确定队伍番号时也进行了认真的研究，最后一致认为，用

---

[*] 本文原标题为《在游击队经历的二三事》，收录时做了适当修改。

"豫南人民抗日军独立团"这个名字比较妥当，所以就定了下来。

　　改编时，我记忆最深的是制作独立团那面绣有镰刀斧头的大红旗。这面旗帜是根据王国华同志的指示，按照早期确山暴动和鄂豫皖苏区的红旗样式，并参照 1935 年叶县东部"红军之友社"的红旗图案设计制作的。制旗的任务由游击队的宣传队负责，我当时是宣传队员，和李子健等同志亲自参加了制旗工作。旗的样式是，艳红的旗面上绣有黄色的镰刀斧头旗徽。穿旗杆的蓝色套子上，自上而下绣着"豫南人民抗日军独立团"十个白色大字，非常鲜艳夺目。杆顶安有红缨枪头，在阳光下闪闪发光。改编的准备工作完成后，游击队在邓庄铺一带召开大会，正式宣布了独立团的领导任职和编制。周骏鸣任团长，王国华任政委，文敏生任政治处副主任（后任主任）。团以下编 1 个营，辖 3 个连。同年年底，全团发展为 6 个连，又增设了第二营。另外，还有手枪队、少先队和卫生队等，直属团部领导。同时，团里还刻制了一枚长方形的队印，上面刻着"豫南人民抗日军独立团"的字样，在张贴布告或对外行使权力时使用。独立团成立后，团部设在焦竹园，建立了稳定的指挥机关。从此，这支队伍以公开的称号出现在鄂豫边土地上，部队可以排成长长的队伍，威武雄壮地行军，再也用不着夜聚昼散、昼伏夜出了。

　　独立团成立后，即开始加强部队自身的全面建设，逐步完善各项制度。为了加强政治思想工作，团政治处分设了组织科、宣传科和民运科，多数连队建立了党支部。团领导经常采用上课的形式，对大家进行时事政策和作风纪律方面的教育，提高战士的思想觉悟和组织纪律观念；还利用战斗间隙，组织大家开展练兵活动，提高部队的军事素质。与此同时，边区省委在焦竹园、邓庄铺等地开办了妇女、儿童识字班，掀起了学文化、学革命道理的热潮。广泛发动群众组建农民抗日自卫队，逐步在边区范围内形成了群众性的武装斗争网络。这时独立团在中原地区的影响越来越大，许多进步青年和知识分子纷纷由各地涌向边区，要求加入我独立团，参加抗日斗争。使我记忆犹新的是我团新添的四位女同志，她们分别叫樊西曼、唐觉民、王典训、杨寒。从 1937 年底她们来到焦竹园后，一直跟随独立团工作。这四位女同志和男同志一样，身穿灰色军装，打着绑腿，背着背包，每天行军几十里，从不叫苦。她们为部队教歌、演戏、当啦啦队，向群众做宣传工作，显得十分活跃。有一件事我终生难忘，那是她们刚来焦竹园时，一天，王典训到手枪队教歌，正巧，队里奉上级命令要枪决一个叛徒。手枪队为了锻炼王典训，便派她执行了这项任务。这件事对独立团影响很大，团里曾号召大家开展向这四个女兵学习的活动。

1938 年初，随着抗日民族统一战线的建立，华东、中原的抗日浪潮越来越高。这时，豫南人民抗日军独立团遵照党中央的指示，奉中共长江局的命令，于 1938 年 1 月中旬，在竹沟正式改编为新四军第四支队第八团队。

第八团队的改编，自始至终在周恩来副主席和中共长江局的亲切关怀下进行。部队的编制和改编的方法是由上级事先决定的。1938年2月，党中央派彭雪枫、张震、赵启民、褚学忠等一批红军干部来到竹沟，帮助第八团队的整编工作。彭雪枫等领导同志来到后，深入部队和群众，介绍全国的抗日形势，宣传我党的抗日主张，并亲自给战士上政治课，组织练兵活动。同时，他们还主持开办了军政教导队，培育抗日人才。接着，上级又派成钧、朱绍清、朱国华、祝世凤、李木生、王敬群等同志来到第八团队，充实到各营做领导工作，使整编后的部队有了坚强的骨干力量。

为了提高部队的战斗力，迅速完成开赴前线抗日的准备，1938年2月中旬，第八团队奉命由竹沟出发，到邢集整训。整训期间，全团指战员深入学习了党的抗日民族统一战线政策，澄清了各种模糊认识，并进行了队列训练和游击战术训练，军政素质都有不同程度的提高。战士纷纷向团领导写决心书，要求上前线，打鬼子。有的同志听说领导要把他们留下，还伤心地哭鼻子。还有一些小战士，如秦海、归树森、王山等，在领导决定他们留下后，仍不甘心，第八团队出发时他们偷偷追了几十里，最后还是加入了队伍。整训期间，团里还认真检查了群众纪律。第八团队出发那天，有不少老百姓来看望我们，有的甚至跑几十里为我们送行。还有不少群众送来了衣服、食物等许多慰问品，表达对子弟兵的心意。对此，我们诚挚地表示了谢意，同时保持发扬游击队的光荣传统和作风，认真执行"三大纪律，八项注意"，对送来的慰问品，有的予以谢绝，有的按价付钱，没有发生一起违反群众纪律的现象。整训期间，我们还收编了土匪安可祥、段永祥部的两三百人，编为第三营的七连和八连。至此，全团扩充到1300余人，共3个营，10个连。团部设有参谋处、政治处、副官处、军需处、电台和卫生队等。鄂豫边红军游击队经过两年多的艰苦奋斗，终于发展成为我军的一支正规武装。

1938年3月，第八团队在邢集整训完毕，3月底，全团在邢集的一个大广场上召开东征抗日誓师大会。周骏鸣团长主持大会，并进行了东征动员。罗炳辉同志专程从武汉赶来，代表长江局在大会上讲了话，给战士们以很大鼓舞。会后，周团长宣布将一个大恶霸当场处死。接着，在庄严的口号声和高昂的抗日救亡歌曲声中，在数千名群众的夹道欢送下，我们告别了桐柏山区的父老乡亲，雄赳赳、气昂昂，迈着坚定的步伐，途经信阳、商城，向安徽抗日前线挺进。

后来，我们第八团队辗转皖东，转战淮南，在津浦铁路沿线和淮南等地打击日军。先后进行了大小关、夏阁、沙河集等多次战斗，建立了淮南抗日根据地，为中国抗日战争的胜利做出了自己的贡献。

初到竹沟

张　震

1938 年 1 月，因八路军总部和阎锡山的第二战区长官部均在山西省临汾市，可以直接相互联系，故而八路军总部决定撤销驻临汾办事处。1 月下旬，为执行毛泽东同志提出的关于日军打通平汉路后，开展豫南敌后游击战的计划，彭雪枫同志以八路军总部少将参谋处处长名义离开临汾，到豫南了解党的组织和干部情况，联系地方实力派，相机争取驻该地区的西北军共同抗日。

当时，中共河南省委领导的豫南人民抗日军独立团是由周骏鸣、王国华同志指挥的，这是红军主力北上抗日后坚持在南方八省边界地区开展游击战争的劲旅之一，他们长期坚持豫南斗争，已发展到五六百人。按国共两党协定，我党南方八省红军游击队改编为新四军，豫南红军游击队业已改编为新四军第四支队第八团队。河南省委决定由彭雪枫同志协助整编第八团队。彭雪枫同志到达八路军驻汉口办事处后，发电报到临汾办事处，要我结束工作，带电台和人员南下。

2 月间，我与秘书罗若遐、王子光及通信队队长熊梦飞等同志，带着办事处的电台，以及办事处警卫连的一个手枪班和一个冲锋枪排，另外又在教导队挑选了十多个河南、山东籍的毕业学员，一起离开临汾，向河南确山县竹沟镇进发。我们全部佩戴八路军的符号，持着八路军总部的护照，安全到达目的地竹沟。在信阳下车后，行至尖山附近，碰到一支穿着便衣、佩戴新四军臂章的队伍，其中有一个叫胡龙奎的，是我在延安抗大的同学，当时他介绍我认识了周骏鸣同志。因他们正带着部队到邢集整训，我们只是匆匆交谈了几句就分手了，但周骏鸣同志的机警和那一口很重的河南地方口音，那种饱经风霜、顽强斗争的坚强意志，却给我留下了深刻印象。

我到竹沟后，见到了河南省委书记朱理治以及王国华、刘子厚、娄光奇等同志。不久，根据彭雪枫同志传达的上级决定，在竹沟建立了新四军第四支队第八团队留守处。王国华任留守处主任，负责处理出征人员的善后工作。彭雪枫同志对外仍用八路军参谋处处长名义，对内是河南省委军事部部长，负责发展地方武装和对西北军的统战工作。经常担任联络员的有雷敏之、许迁之等同志。我是军事部和留守处的参谋长，主管组训部队。这样的一种双重组织形式，起到了掩护河南省委领导的积极作用。

周骏鸣与王国华同志的部队，整编为一个营多一些。当时豫南的土匪"杆子"很多，每股十余人到数百人不等。匪患猖獗，群众甚为痛恨，但为了生存，有一些庄寨与土匪也有联系，使各"杆子"都有一定的势力范围。我们通过各种关系整编了两股较大的"杆子"。一个"杆子"头目姓安，一个姓段，各有七八百人，二三百条枪，这就是当地有名的安团、段团。收编后因我们发不出粮饷，"杆子"中有些惯匪恶习难改，经常在驻地抢劫骚扰，民怨益重。为了彻底把这两股"杆子"改造成人民军队，我们决定对其整编，把由延安派来的干部调到这两个团中去，设法将民愤较大的坏人搞掉。经研究决定，改造安团的任务交给了周骏鸣同志，在邢集集中。我们将段团集中在竹沟附近进行整编。

当时在邢集有周骏鸣同志的一个营的老红军，这样，整编安团的力量绰绰有余，而我们在竹沟人枪俱少，搞起来就不那么容易了。但我带来的手枪班和冲锋枪排的战士，都是经过长征的老红军，觉悟高，战斗力强，加上彭雪枫同志足智多谋，只要认真对付，必有成功希望。于是，我们商定了一条智取之计：以彭雪枫同志的名义开欢迎会，请段团官兵吃饭，在吃饭时一并解除他们的武装。

在下令段团到竹沟附近集中后，为使之不致生疑，我给段团划分了宿营地，叫他们派出设营组设营，使他们安下了心。然后彭雪枫同志亲自"请"段团长吃饭。段团长是个彪形大汉，腰上插着两支开着机头的"二十响"驳壳枪，随身带着一帮身带短枪的马弁、保镖。彭雪枫同志神态自若地把段团长让到里屋入席，举杯时使了一个眼色，机智勇敢的警卫员程朝先同志立即猛扑上去抱住了段团长，下了他的双枪，同时外屋的手枪班也一下子解除了段的保镖武装。在彭雪枫同志"请客"的同时，我把段团全体官兵集合到竹沟东面操场开欢迎会，讲完话后"请"他们到南面学校吃饭，枪支都架在操场上。上第一道菜时，我一声令下，冲锋枪排封住了大门，顺利地解决了段团。接着我又派人骑着段团带来的20余匹马，到段团营地解除了设营人员武装。待这一切完毕后，我们根据土匪的不同情况，分别进行了处理，对其中的头头予以教育后发给路费送回原籍，把一般出身好，愿意抗日的人员留下，其余一律遣散。这样一来，编掉了一大半人，留下来的均由延安派来的红军干部和教导队毕业的学员负责管理。经彻底整编，安、段两团编为第八团队三营大部和二营一部，并全部集中在邢集整训。

周骏鸣同志此时由邢集返回竹沟，第一次与彭雪枫同志见了面。根据上级决定，第八团队由周骏鸣同志任团长，胡龙奎同志任副团长（当时为了抗日民族统一战线，我军政委制度暂时改为军事副职。后来胡龙奎消极离队，由林凯同志任政委），赵启民同志任参谋长，成钧同志为一营长，朱绍清同志为二营长，朱国华同志为三营长。干部调整训练后，按新四军军部指令，周骏鸣同志带着第八团队开赴皖中开辟抗日根据地。这时第八团队留守处仅剩下一个警卫连，河南省委很快又动员了300余人组成了一个补充大队，由陈康同志任大队长。接着我们又继续在竹沟开办教导队，河南、山东、湖北等地的青年学生纷纷来到竹沟学习抗日救国的道理，当地人民群众也发动组织起来了，到处一片抗日歌声，一派抗日救亡的大好形势，同志们亲切地把竹沟誉为"小延安"。

我党领导的抗日民主革命形势的发展，震惊了当地的国民党顽固派和土豪劣绅，他们联名上书国民党当局，污蔑我们发展武装，图谋不轨，要求取缔我们。为此蒋介石下令国民党军队向我们进攻，并派西北军某师一八八团团长夏华国先行一步，对我们进行"视察"，为他名正言顺地攻打我们寻找根据。当时周恩来副主席在武汉，他获悉这一情况后，立即指示八路军驻汉办事处提前通知了我们。我们经过分析研究，根据当时的环境条件，决定避免军事冲突，以理服人，发展抗日民族统一战线的大好形势。一方面，在夏团长到达前把省委、教导队撤出竹沟，转移到邓庄铺一带隐蔽。补充大队由陈康同志率领开赴皖中，补充周骏鸣同志的第八团队。另一方面，由身为八路军总部参谋处长的彭雪枫同志，以八路军名义出面谈判斡旋。同时利用彭雪枫同志的叔父彭雨亭先生与西北军的老关系，以及一些西北军子弟学校老同学的关系做夏团长的工作。夏团长到竹沟后，我们佩戴着八路军的臂章出面接待，让出了最好的房子给他们住。通过多次接触，我们向他们说明，我们是按国共两党协定，奉八路军总部命令来竹沟，协助整编第八团队进行抗日的。夏团长和我们相处了一个星期，没有发现我们有可疑之处，就顺水推舟地向上级打了报告，说是在竹沟没有什么违反抗日宗旨的不法活动，随即带人撤出了竹沟。这时，省委机关、教导队平安无事地返回竹沟，避免了国民党顽固派策动的第一次摩擦。

这以后，竹沟的部队仍只有一个连，人数虽少，却担负着经常在信阳、确山、泌阳、唐河一带打击零散土匪的任务。我们所到之处都得到了人民群众的援助，守在寨上的群众发出口令："谁的人？""老周的！""谁的人？""老汉的！"他们一听说是"老周""老汉"的部队，就开门迎接。不久，各股"杆子"都被我们先后消灭，我们安定了人民群众的生活，新四军的威望大震，部队和竹沟人民亲如鱼水，军民之间建立了极为亲密的关系。

难忘的往事[*]

高维进

　　1937 年秋，日本侵略军占领北平、天津后，沿平汉路南下，大举进犯河北、河南。国民党军队望风披靡，节节败退，黄河以北地区差不多全部沦陷。12 月初，开封的一些学校都在酝酿向南阳一带搬迁。我们北仓女中的五位党员同学，在该校党组织负责人、教员李炳之带领下离开学校，到鄂豫边特委参加工作。

　　我们从驻马店下火车后，雇了两个送行李的小推车，朝泌阳方向的山路走去。到了下午，车夫搁下车不肯走了，说再过去就是"老共"的地方。我们听后甭提有多高兴了，忙说我们的家就住前边不远，保你送行李的没事。于是，我们从大路转向小路，继续逶迤而行。

　　走了不到半个小时，遇到两个背枪的青年农民。李炳之

＊　本文原标题为《难忘的一段经历》，收录时做了适当修改。

同志上前搭话。他们俩打量着我们的装束和行李，问："你们是找王老汉的？"这亲切的态度使我们如见亲人，高兴得跳了起来。

当我们说明情况后，他们俩说："不要几里路就是团司令部，同志们辛苦了！"

"同志"，多么崇高、亲切的字眼，我们大声唱起《国际歌》，连唱带跑，不一会儿就来到一个山岭环抱的小村寨——焦竹园。这里就是豫南人民抗日军独立团和鄂豫边特委所在地。领导同志除王国华、周骏鸣外，还有林凯和王盛荣等。

焦竹园是个不到百户人家的小村寨，我们来后被安排在一座高门大院里。在此前后，不断有各地的青年学生到这里来。早我们到达的已有二三十人，其中还有原北仓女中的同学唐觉敏和樊淑俊。女同学住一间大屋，男同学住一间大屋。数日后，上级给我们每人发了一套灰军服，穿上又长又大，就像短大衣。我和曾兰、张剑钊被分配到特委宣传部，负责编写宣传材料，办妇女识字班和儿童团。每天吃过晚饭，我们就在场院里教儿童团操练，教儿童、妇女唱歌。妇女识字班开始时，来的都是小姑娘，抱着弟弟妹妹凑热闹，后来那些年龄大的媳妇甚至四五十岁的妇女也参加进来了。识字课本都是我们自己编写和油印的，课文里不仅有"中国共产党、打日本、救中国、不做亡国奴……"还有"柴、米、油、盐、菜"等日常生活用字，在教识字的同时就进行了抗日宣传和政治教育。儿童和年轻女孩对唱歌特别感兴趣，那时已是冷天，但教歌时仍吸引了许多年轻人。过元旦节时，我们还为群众组织了晚会，唱歌、演活报剧，揭露日本帝国主义侵略我国的滔天罪行，动员中国人应有钱出钱，有力出力，团结起来抵抗日本帝国主义的侵略。

"起来，不愿做奴隶的人们！"起床号一响，大家就高声唱起《义勇军进行曲》《国际歌》来，在此起彼伏的歌声中开始了一天的生活和工作。

当时，驻焦竹园、邓庄铺的这支红色游击队根据国共两党协议，正与国民党地方政府谈判，准备进行改编。但地方的反动势力却企图消灭它，泌阳的大豪绅王友梅和宛西的土霸王别廷芳都在伺机行动。1938年元旦节后的一天清晨，远处突然传来了枪声。大家猜测是否反动势力打过来了。领导告知说：王友梅向我们进攻了。其时，周骏鸣同志带着主力部队在远处执行任务，焦竹园、邓庄铺一带只有特委机关和少数警卫部队以及刚来的青年学生。独立团副团长冯景禹带着警卫部队和敌人接上火，掩护特委机关的同志和学生向东撤退。我们几个人把宣传部的文件、油印机和换洗的两件内衣带上，连被褥都顾不上取，就跟着大家向东跑。因我们拿着许多东西走不快，有的同志建议扔掉算了，但我们觉得这些东西都是有用的，无论如何也要拿好。跑了大半天，我们安全到达邓庄铺以东不远的确山县竹沟镇。

第二天，王国华、周骏鸣同志带着部队先后回到邓庄铺。敌人在我军主力部队夹击下，抢了些衣物、给养，仓皇撤回泌阳去了，此后再不敢向我驻地进犯。这是我们受到的第一次战斗洗礼。从此，竹沟就成为鄂豫边特委的所在地，以后又是河南省委和中原局的所在地，成为党在豫南乃至中原地区领导抗战的中心和训练干部、团结奋斗的红色基地。

1938 年 2 月，彭雪枫同志自临汾来到竹沟，他原是八路军驻临汾办事处处长。这时红色游击队已改编为新四军第四支队第八团队，由周骏鸣同志任团长。彭雪枫同志带来的临汾学兵队部分成员和先来竹沟的部分青年学生，也参加了第八团队，并于 3 月下旬开赴皖中敌后。竹沟则改为第八团队后方留守处，王国华同志任主任。不久，朱理治、陈少敏等河南省委的领导同志也陆续来到竹沟。

在第八团队出发之前，即 1938 年 2 月间，在彭雪枫同志主持下，竹沟创办了教导队，培养抗战的军政干部。以后又连续办了几期，每期有学员三四百人不等。学员以河南各县所来的青年学生为多，有的是地方党组织或救亡团体介绍来的，有些是自己慕名而来的，也有上级党介绍来的其他各省的青年。前两期教导队的大队长是方中铎。第一期的教导员是周季方，第二期的教导员是谭友林，两位教导员都经过二万五千里长征，是有经验的红军政治工作干部。方中铎是个矮个子，精明干练，很会讲话，是在西北军工作过的地下党员。这些干部在学员中很有威信。教导队下设 3 个中队，还有个女生分队。中队长、指导员和分队长有的是从临汾学兵队来的，也有些是从学员中选拔的。学员的文化程度参差不齐，有大学生，也有粗通文字的半文盲，但大家的共同点是抗日热情高，愿意到这里来学习革命的本领，以便更好地参加抗日救亡工作。

教导队学习的课程有中国共产党党史、抗日民族统一战线、群众工作、军队中的政治工作、游击战术等。教员有彭雪枫、张震、岳夏、王盛荣等。还有军事操练，课目从单兵训练到排进攻，军事教官有程志远等。

上课没有课堂，就在竹沟寨外沙河东边的河滩上、树林里整理出一片空地代替。上课时教员在一个临时摆上的小桌和黑板前讲授，学员则席地而坐听讲。课堂讲授后，更多的时间是小组讨论、理解和消化课堂讲授的东西，以及相互解答同学之间各种各样的疑问。教导队还经常召开生活检讨会。毛泽东同志写的《反对自由主义》是当时大家极感兴趣的学习材料。会上学员之间进行批评和自我批评，从政治上、思想上互相帮助，共同提高。这些都和延安抗大的做法差不多。

教导队的驻地在竹沟寨外，沙河对面的东街，有许多房屋在战火中被烧被毁得只剩下残墙断垣。第一期教导队的学员来后，自己动手，有的砍木头，有的上山割草，很快就把房子修复了。几十个人一起铺点草睡地铺。没有菜，只有糙米饭，下雨、发大水，河水涨了无法到寨子里打饭，吃不上饭的事也是有过的。生活尽管艰苦，但大家热情很高，认为受点苦是在经受锻炼，一天到晚到处是歌声、笑声。负责学员文化娱乐活动的组织是俱乐部，也叫救亡室，他们办墙报，组织歌咏队，也排演戏剧。路丁同志曾担任过俱乐部主任。竹沟留守处为纪念五一劳动节，在竹沟河滩的广场上开大会演戏，教导队也参加演出了节目，我还担任了演员。

学员学习结业后，由教导队出面分配工作，根据当时工作的需要，有哪儿来回哪儿去的，有到武汉由八路军办事处分配的，还有到友军部队里工作的。虽说是教导队公开分配，但很可能是省委根据工作需要决定的。我们在这里一共学习三个月，但学与不学大不一样。这里和一般学校完全是两种性质，到这里来意味着离开家庭、离开学校、离开原有的职业，为着一个共同的目标参加革命，参加抗日。

我当时是女生分队的分队长。女生分队的指导员是袁光。学员有开封北仓女中、省立女中、信阳女师以及南阳、舞阳、叶县、信阳各地的学生，还有平汉铁路的职工子弟和泌阳县附近的农村妇女。第一期教导队结业后，我被分配到中共汝南县委工作，在那里工作了一个月，又被调回竹沟，担任了第二期教导队的女生分队分队长。第二期教导队结业时，正值彭雪枫同志率部队开赴豫东皖北敌后，有些学员就随之到敌后去了。

1938 年 10 月 1 日，彭雪枫同志率领留守处武装 2 个连和第二期教导队学员共 370 余人，从竹沟出发开赴豫东，数日后，在西华县与肖望东等同志会合。11 日，在西华杜岗成立了新四军游击支队，司令员兼政委彭雪枫，参谋长张震，政治部主任肖望东。在政治部宣传部下有支宣传队名叫青年先锋队，多是教导队毕业的学员，开始时有二三十人，从延安抗大来的胡介民当过队长。我当时在青先队任分队长。行军时青先队负责部队的文娱活动和向群众做宣传工作。

青先队不断有新的青年补充进来，老队员则调到战斗连队或其他部门工作，既像个宣传鼓动队，又像个干部训练班和储备所。1938 年 10 月底，我们过了黄泛区，进入敌人后方。记得那天清晨，青先队仍在墙上写"到敌人后方去开展游击战争"的大标语，唱"到敌人后方去，把鬼子赶出境"的歌。彭司令员说我们标语写错了，歌也唱错了。他告诉说：我们现在不是到敌人后方去，而是已经到了敌人的后方，做宣传工作要随时注意情况的变化，提出不同的口号，不能不顾环境、条件，一成不变地讲你们准备好的那一套。这对我们教育很大。

彭司令员早就想成立一个专搞宣传工作的剧团，11 月底，部队从鹿邑北回睢（县）杞（县）太（康），到达砖楼后，从杞县大同中学来了一些中学生，于是宣传部就以他们为骨干成立了个拂晓剧团，由左奇同志任剧团主任。开始时有一二十个人，都是十岁到十六七岁的男孩子，只能唱歌跳舞，有时也和青先队及宣传部的大同志一起演戏。在白马驿度过 1939 年元旦节后，才有几个女学生到剧团来。剧团后来成为活跃部队文化生活的一股强劲的力量。

人们说："彭师长有三宝，骑兵团、拂晓剧团、拂晓报。"我于 1939 年 3 月调任拂晓剧团主任，此后 10 年一直从事戏剧工作。

鱼水相依*

范国章　王善甫

　　鄂豫边区省委，在土地革命战争时期的最后三年，一方面领导豫西南的镇平、新野、内乡、淅川、邓县、南阳、南召、方城、唐河、叶县和豫南的遂平、汝南、正阳等十多个县的白区党组织坚持地下斗争；一方面创建和领导红军游击队，在豫南的泌阳、桐柏、确山、信阳四县交界地区，坚持游击战争。正是坚持了这两个方面的斗争，才为华中和中原地区的抗日战争，积蓄了革命力量，开辟了前进道路，奠定了斗争基础。而这两个方面斗争的进展，又是和人民群众的大力支持分不开的。回顾往事，使我们深切地体会到，那时地方党组织和红军游击队的关系是血肉相连、患难与共的关系，两者同人民群众的关系又是鱼和水不能分离的关系。红军游击队之所以能不断地成长壮大，是因为地方党组织不断

---

* 本文原标题为《血肉相连　鱼水相依》，收录时做了适当修改。

96

地输送队员及人民群众的大力支持和掩护；地方党组织的工作开展，人民群众的安居乐业，也离不开红军游击队的有力配合和保卫。

给游击队输送兵员。鄂豫边红军游击队于 1936 年 1 月诞生时，只有 7 个人，到 2 月底发展到 30 余人；同年 3 月初，在确山县杜庄战斗中损失 9 名同志，后在短短个把月里，又发展到 30 多人；到 1938 年初，这支游击队猛增到1000 多人。鄂豫边红军游击队发展如此之快，即使是在受挫的严峻时刻，依然有许多热血青年踊跃加入游击队，投身于血与火的战斗中，主要原因就是有地方各级党组织和广大人民群众的支持。这些新发展的游击队员中，一部分是由游击区党组织领导的农民自卫队改编过来的，大部分是白区党组织输送来的青年农民和爱国学生。当时的新野、内乡、镇平、唐河、泌阳、确山以及洛阳、开封、偃师等县（市）的地下党组织输送得最多。1937 年初，中共北方局直接领导的宛属工委在内乡县组织武装暴动，使大部分地下党员的身份暴露。为了保存革命力量，支援红军游击队，宛属工委组织部部长张明河亲自带着他发展的党员王勋、李宾初、李春元等同志，冒着敌人到处搜捕的危险，冲破白色恐怖，投奔到桐柏山腹地，参加了红军游击队。我们还清楚地记得，新野县委书记张志发同志曾多次亲自送新队员入伍。唐河县吕庄地下党员王青玉一人先后送去进步青年多批，达数十人之多，参加了红军游击队。

那时，从白区向游击队输送队员是十分危险的，途中一旦被敌人发现，就有被捕、杀头的危险，甚至还会祸及地下党组织。因此输送工作是极其慎重、极其秘密的。地下党组织送王善甫参加游击队时，就是经过了周密安排才谨慎行动的。1937年5月，王善甫在内乡县回车县立第十二小学读书时，由地下党员张蕴略同志介绍，秘密加入了共产党。后来王善甫和杜光甫同志参加游击队，也是张蕴略同志介绍的。张对王、杜的安全非常负责。1937年8月间，当王、杜向他告别时，他给鄂豫边区省委和红军游击队领导人写了一封信。为了安全，信写好后没有马上交出。当王善甫他们走到沙亮过路店附近一座静静的山岗时，他才赶上来把信交给他们，同时叮咛了许多话，要他们俩拿介绍信到什么地方、去找谁等。王、杜两人收藏好介绍信，先来到泌阳县高邑附近的马陟沟、宋庄，找省委秘密联络站的平原海同志和一个姓宋的同志。因平原海不在家，姓宋的同志热情接待了他们。当时正下大雨，王善甫和杜光甫住在老宋的一间小茅屋里，等了三天，老宋才送他俩到高邑附近的王庄油坊，见到了鄂豫边区省委书记全中玉以及姜宗仁同志。全中玉和他俩谈话后，派一个交通员把他们送到高邑东南10公里的焦庄参加了游击队。

由此可见，红军游击队队伍的扩大，是同地方党组织的支持分不开的，正是由于数十个、数百个这样的地下党组织和党员，冒着生命危险，源源不断地输送兵员，才使游击队由小到大，由弱到强，不断地成长壮大。特别是白区党组织送去的队员，由于受过党组织的教育和影响，受过白色恐怖的锻炼和考验，后来大部分成了游击队的骨干。

配合游击队的战斗行动。鄂豫边红军游击队创建初期，力量比较单薄，为了保存自己消灭敌人，常常采取昼伏夜行、避强击弱、隐蔽企图的办法进行活动。在夜间行军中，做到不暴露、不受阻，是至关重要的。人民群众深知这一点，都想方设法配合游击队进行秘密活动。特别是给游击队当向导的老百姓，除了选择安全路线带队行进外，在深更半夜走近村庄和农民联防自卫的围寨时，事先都对放哨的老乡打好招呼，让他们不要呼喊，并让他们通知各家各户，想办法防止鸡鸣狗叫，以确保游击队顺利通过。有一次，游击队从桐柏县榨楼出发，夜间去吴家尖山，由于来不及事前通知，途经一个山寨时，放哨的老乡听到动静，就大叫："谁？"接着还打了一枪。向导急忙回话："不要打枪，是老周（周骏鸣）的队伍。"对方听说是红军游击队，便鸦雀无声了。像这样的事是很多的，所以，我们的行动，敌人捉摸不到，并且常常吃亏挨打。群众从其他方面配合游击队战斗的事情就更多了。在平氏孤峰山庙会战斗前，为了麻痹敌人，数十名群众和地下党员需要扮成香客前去赶会进香，但一时又找不到香包，地下党员马长富的爱人就连夜缝了30多个香包，保证党员、群众按计划投入了战斗。游击队行军打仗，常常是宿营不定时、不定点，半夜三更转移、宿营是常有的事。每到一个地方，老百姓总是像接待自己的亲人一样，急忙起床点灯，让房子，腾锅灶，抱柴火，铺稻草，为游击队宿营提供各种方便。有的全家老少勒紧腰带，把省下来的米面拿出来让给游击队员吃，那种感人的情景，真是令人难以忘怀。

关心和掩护游击队。游击队和群众结下了深厚的情谊，游击区的村村寨寨不仅是我们的宿营地，而且还是我们补充给养的"后勤部"和养伤治病的"家庭医院"。在作战中负伤的同志，都是随时托付给当地的地下党组织，安顿在群众家里养伤。群众对伤员就像对待自己的亲人一样，精心调治，细心护理。1936年3月底，游击队长周骏鸣同志在牛庄突围战斗中负伤，后来住在张楼马长富家里养伤。马长富夫妇见老周身子太虚弱，就东借西凑些钱，到集上买回来几个猪蹄子，给老周炖炖吃。经过精心调养，周队长很快养好伤，回到了游击队。

1937年10月，王善甫在独立团三连当文书。有一次，周骏鸣同志带三连到信阳、桐柏活动，当到达桐柏县榨楼村时，王善甫得了重感冒。当时没有随连队行动的医生，部队又要急于离开，王善甫发高烧实在无法行走，只好留在榨楼一家大伯、大妈家里养病。两位老人热情周到地照料王善甫，比亲生父母还好。一日三餐，老人家尽量做可口的饭菜给王善甫吃。王善甫口中乏味，想吃点酸的，他们就跑到几十里以外的毛集镇去买醋。白天他们怕王善甫住在家里不安全，连搀带扶把王善甫送到有人值更放哨的山寨上，晚上再接回家里。就这样，没有打针吃药，全靠土法治疗，饭食调养，住了半个多月，王善甫就完全恢复了健康，被游击队的侦察员接回了部队。他们全家乃至全村的老百姓，不愧是桐柏人民热爱红军的典范，王善甫和游击队永远忘不了他们的恩情。

游击队的政治工作[*]

文敏生

　　鄂豫边红军游击队是在豫南革命处于低潮的情况下诞生的，又是在国民党军队反复"清剿"的恶劣环境中发展的，虽长时间与党中央失去联系，却一直高举着党的武装斗争旗帜；虽几经挫折，但都顽强奋斗而不溃散；虽生活艰辛、困苦不堪，但始终保持革命军队的光荣传统和本色，最终发展成为一支拥有 1300 多人的抗日武装，开辟了以竹沟为中心的中原抗日革命根据地。这一光辉的业绩，充分说明鄂豫边红军游击队不愧是一支用马列主义、毛泽东思想武装起来的、忠于党、忠于人民的革命部队，而用革命思想武装起来的这支部队，靠的是一如既往的、坚强的思想政治工作。

　　鄂豫边红军游击队和南方各省其他游击区的红军游击队不同，它不是红军主力长征后留下的部队，也没有一寸可

---

　　* 本文原标题为《鄂豫边红军游击队的政治工作》，收录时做了适当修改。

以利用的革命根据地，完全是靠白手起家，从无到有发展起来的，无论是游击队领导人还是鄂豫边省委领导人，都没有参加过红军部队，均是长期坚持当地革命斗争的地下党员，所以对什么是我军的政治工作，以及政治工作都包括哪些内容，其地位和作用又是什么，思想上并不完全清楚。然而，游击队建立才一个多月，就积极摸索，开始了自身的组织和思想建设，仿效红军部队的建军原则，建立了由省委书记张星江兼任支部书记的游击队党支部，同时建立了由牛德胜任主席的战士委员会，从组织上奠定了开展政治工作的基础。

　　游击队党支部建立后，开初的工作任务主要体现在实行党的领导和对干部战士的思想教育上，引导大家坚定革命信念，战胜艰难困苦，顽强开展游击战争。后来经过在实践中不断总结提高，逐步走上了正轨。建立了正常的党内生活制度，形成了以党员做骨干的战士集体，并不失时机地发展新党员等，使党支部的战斗堡垒作用得到了较为全面的发挥。战士委员会属于群众性组织，同红军部队中的士兵委员会差不多，其主要任务是协助党支部和队领导开展工作，实行民主管理、民主建军，维护游击队内部的团结和纪律，同时兼做一些群众工作。在游击队建立前期，战士委员会发挥了不小的作用，后来，由于形势的变化，人员的调整，虽然无人宣布将其解散，但实际上已不再作为一个独立的组织而存在。

　　1936 年底，鄂豫边省委与中共北方局建立了联系，次年春，为了适应全国的抗日形势，省委在泌阳县管驿村建立了一个文印室，油印转发上级的有关文件、指示及宣传品，在全区范围内掀起了广泛的抗日宣传活动。游击队这时已发展到130多人，把十六七岁的年轻队员组织起来，建立了一个十多人的宣传队，并由我担任队长。宣传队不属文艺性质，不搞戏曲演唱，主要任务是利用接触群众的机会，或主动深入各村寨，以口头形式，向群众宣传抗日形势和我党的抗日主张，动员群众和各阶层人士有人出人，有钱出钱，有枪出枪，用实际行动投身到抗日救亡运动中来。这一组织的建立，标志着游击队的政治工作组织有了新的发展，但真正的大发展，还是在七七事变之后。

1937年9月，鄂豫边省委根据上级的指示精神，将游击队改编为豫南人民抗日军独立团，并在部队中建立起专门的政治工作机构，即团政治处，由我担任副主任，不久又升任主任。政治处以下还设立组织科、宣传科和民运科，分别由王斌吾、牛德胜、姜宗仁等同志担任科长。此外各连队也陆续建立起党支部和俱乐部，加上团宣传队，形成了初具规模的政治工作队伍和组织设施。1938年初，独立团改编为新四军第四支队第八团队，在此前后，上级陆续派遣一批军政领导干部和知识分子来到边区，直接参与第八团队的整训和改编，使团里的政治工作得到进一步加强，不光增加了政工人员，而且素质较以前有了明显提高。团部宣传队已不再是原来意义的宣传队，开始吸收女同志参加，排练一些宣传抗日救亡的文艺节目，很受战士和群众的欢迎。各连队除建立党支部外，均配备了政治指导员，并有计划地开设政治课，围绕形势进行宣传教育，把政治工作推进到一个新的高度。与此同时，团部驻地竹沟也空前地活跃起来，军政教导队办起来了，"列宁室"办起来了，各种抗日救亡组织应运而生，到处响彻着欢歌笑语，一个从未有过的政治工作新局面，开始在鄂豫边区的土地上生根、开花，茁壮地成长。

鄂豫边红军游击队的政治教育是在面临着许多困难的情况下开始的，从1936年1月游击队诞生到1936年10月这段时间里，由于同上级断绝了联系，得不到指导，又没有现成的文件资料可供学习，政治教育完全处在一种自发的阶段，究竟应该选择哪些教育内容，如何抓好教育效果的落实，不是靠哪个人随心所欲的决定，而主要取决于客观实际的需要，也可以说，针对不同的对象和不同的形势，是游击队安排政治教育内容的主要依据和出发点。由于游击队的成员多是当地的农民，入伍前没有受过什么教育，虽淳厚、朴实，但思想保守、自由散漫，直接影响部队的建设和战斗任务的完成。针对这些问题，游击队建立不久即开始了以"三大纪律，八项注意"为中心内容的组织纪律教育。由于没有现成的本本可供参考，省委和游击队领导便凭着过去的所学，凭着记忆，一条一条地复述给战士们听，告诉大家这些条文是每一个革命战士所必须严格遵守的行动准则，是老红军部队的光荣传统和优良作风。为了提高教育效果，游击队在进行教育时，既要求每个战士条条牢记，条条落实在行动上，同时结合部队实际，突出强调了"一切行动听指挥""不拿群众一针一线""一切缴获要归公""不许调戏妇女"，以及"借东西要还、损坏群众东西要赔偿"等条款。

在进行"三大纪律，八项注意"教育的同时，游击队还针对不同的对象、不同的地点和环境，及时地进行了不怕流血牺牲、不怕艰难困苦，以及革命理想、革命乐观主义等方面的教育，帮助队员树立以苦为乐、以苦为荣的思想和誓为劳苦大众的翻身解放而献身的勇敢精神，使他们坚信红军主力一定能打回来，共产党必胜，国民党必败，革命一定会取得最后的胜利。1936 年 6 月，国民党新五师的 1 个班起义后加入了游击队，针对这部分新来的同志，游击队在摸清思想底子的基础上，有计划地对他们进行了"为什么人扛枪打仗""怎样做一个革命战士"等教育，并通过控诉国民党军队的不得人心以及社会的黑暗腐败，启发他们的政治觉悟，增强做一名革命战士的光荣感和责任心。

1936 年 10 月，鄂豫边省委同中共北方局建立了联系，党中央和北方局的一些文件、刊物陆续下发或传入边区，主要有《为抗日救国告全体同胞书》及《火线》杂志等。其内容大都涉及当时的抗日形势以及我党所持的态度、实行的策略方针等，尤其是《火线》杂志上的内容极为丰富，既刊有党中央的文件、指示，也刊有中央领导如刘少奇等同志的文章，还刊有各方人士对时局的分析和看法，不仅为省委和游击队指明了今后的努力方向，而且提供了大量的学习资料。从这时期开始，游击队的政治教育内容发生了明显变化，主要围绕上级的文件、刊物进行，先后开展了抗日救国教育，实行抗日民族统一战线教育，以及坚决贯彻执行党中央方针政策的教育等，而且这一内容的教育持续的时间较长，一直持续到 1938 年 3 月，即第八团队出征抗日前线时为止。这期间，游击队根据情况的变化，还不失时机地穿插了一些学习内容，比如游击队改编为豫南人民抗日军独立团后，为了提高战士的文化素质，开展了认读新文字活动。针对部队陆续整编了一些土匪武装的实际，进行了"大敌当前，共赴国难"以及"怎样把自己锻炼成为合格革命军人"的教育。第八团队出征抗日前夕，为了适应对日作战需要，又进行了宣传日军侵华暴行，肃清"日军不可战胜"等错误认识的教育，为部队顺利开赴抗日前线，打下了坚实的思想基础。

如前所述，鄂豫边红军游击队的政治教育内容的选择，取决于客观实际的需要，并且随着形势的变化有所不同、有所侧重，也可以说，这是被形势逼出来的。正因为如此，也就从根本上摆脱了教条主义和形式主义的影响，建立在有的放矢、灵活多样的基础之上，从而发挥出了应有的效力，收到了很好的效果。实际上，这也正是游击队政治工作的一大特点。除此之外，我认为还有以下几点是很有特色的。

一是把经常性的教育和应急性的教育相结合。游击队在实际教育过程中，无论从重视的程度上，还是时间安排的长短上，都有着明显的不同。比如游击队所进行的"三大纪律，八项注意"教育，誓为党的事业奋斗终身的教育以及不怕苦、不怕死的教育等，是从头至尾、贯穿始终的教育，不因形势的变化而变化，不依条件的改变而改变。而对有些教育，如为什么要建立抗日民族统一战线，为什么说日军是可以战胜的等，则是针对某些同志的思想问题提出来的，主要是为了疏通思想认识，只要问题得到了解决，教育也就随之告一段落。

二是寓教育于日常生活战斗之中，随时随地进行，把集中教育和分散教育相结合。由于斗争环境复杂，敌情变化莫测，游击队很长时间没有固定的宿营地，常常是打一仗换一个地方，有时一个晚上要变换几个住处。在无法集中时间、人员学习的情况下，游击队采取了分散教育的方法，亦即利用战斗间隙、行军途中或睡觉前的短暂时间，一有机会就给战士们讲上几句，或郑重其事地讲，或于说笑谈话间启发诱导，而且一次一般只讲一个到两个问题，以使战士们听清楚、弄明白为目的。这种方法从表面上看效果并不明显，但由于经常讲，反复讲，水滴石穿，时间一长，效果就显示出来了，且深深刻印在战士的心中，非常之牢固。与此同时，游击队还根据斗争形势的需要，不失时机地相对集中时间，先后进行过多次由全体队员参加的教育学习。其教育时机的选择，多在游击队遭受挫折、变故之后或有重大行动之前，抑或为了传达贯彻上级的重要指示等。如 1936 年 3 月间，游击队在确山县杜庄村遭敌袭击，蒙受严重损失后，第二天即转移到安全地带，集中数日时间，认真总结教训，克服了思想麻痹、纪律涣散等不良倾向，增强了队员的组织纪律观念。1938 年初，游击队改编为新四军第四支队第八团队之前，为了使战士们认识改编的意义，适应改编后的形势任务，游击队相对集中时间人员，进行了抗日时局教育，宣传红军主力已改编为八路军的新形势，使大家认识到游击队的改编是形势的需要，对今后鄂豫边区抗日活动的开展，必将起到重要的促进作用。

三是广开教育渠道，把对内教育和对外教育相结合。游击队的政治教育包括对内教育和对外教育两个方面，对内教育的对象主要是战士，目的是加强自身建设，解决部队中存在的有害倾向和问题；对外教育的对象主要是人民群众，也包括民主人士甚至国民党基层军政人员以及土匪等，目的是争取广泛的同情支持，改善生存环境，创造有利的斗争条件。关于对外教育的问题，游击队为了赢得人民群众的广泛拥护和支持，通常采取的办法是：每到一地，都坚持宣传党的方针和政策，今天在这个村，明天又到那个村，有时召开群众大会宣传动员，有时深入各家各户促膝谈心，久而久之，使所到之地的群众进一步认清了共产党和游击队的本质，把对游击队的支持变为了更加自觉的行动。在对国民党地方势力及军政人员的教育方面，游击队也想了许多办法，花费了很大力气。首先是通过调查了解，选准教育争取的对象，分清哪些地主豪绅、联保主任民愤最大，应坚决给予打击，哪些民愤较小或比较开明，有教育争取的可能；其次是通过各种渠道、关系，主动同那些可以争取的对象接触，或宣传党的政治主张，以政策攻心；或采取强硬态度，告诫其出路，争取他们逐步转变立场或起码保持中立，不再同游击队和人民群众作对；再次是有目的地、有策略地让一些地主豪绅或联保主任帮游击队办事，使他们有所顾忌，在行动上受制约，促进他们思想的转变。

在对土匪武装的教育争取方面，游击队做得更为出色。针对桐柏山区土匪多如麻，而多数土匪又是苦出身的实际，游击队慎重对待，先是确定好教育争取的对象，而后分清主次，逐股教育挽救。只要与土匪碰头见面，都不忘开展政治宣传；只要听说有外来土匪武装开进了游击区，均派人要求他们离开，或警告他们不许抢劫百姓。此外还先后派邓一飞、周国林等同志打入土匪队伍，专做匪运工作，为了争取他们同情革命，做匪运工作的同志学用土匪的黑话暗语对话，利用土匪的江湖义气，同他们换帖拜把子，结为生死兄弟，并经常向他们宣传"穷人为什么穷，富人为什么富"的道理，控诉国民党反动政府残酷剥削压榨穷人的罪行，使土匪认识到他们的处境同穷人一样，是国民党反动派造成的，从而提高了他们的阶级觉悟，改变了他们对穷苦人的救星——共产党、红军游击队的认识和态度。

鄂豫边红军游击队的政治工作是坚强有力、富有成效的，是有着自己的明显特点的，尽管还存在着许多不足，不那么全面、系统和完善，但就其所处的时代和主观上的努力来看，是十分难能可贵的，其中成功的经验，永远值得我们认真地总结、学习和借鉴。

坚持大别山斗争[*]

林维先　詹化雨　李世安　汪少川　万海峰

红二十八军是在红二十五军战略转移西征后，由留在鄂豫皖根据地的少数部队组成的一支英雄部队。他们历经千难万险，坚持了三年游击战争，使革命红旗始终飘扬在大别山区，在中国革命史册上谱写了灿烂的篇章。

自红四方面军于 1934 年 10 月离开鄂豫皖革命根据地后，鄂豫皖边区的形势就一直是严峻的。蒋介石用了 20 万兵力，以各种野蛮手段，血洗我根据地，我根据地笼罩在一片白色恐怖之中。在这危急时刻，中共鄂豫皖省委及时重建了红二十五军，并两次组建了红二十八军，同强大的敌人进行了英勇顽强的斗争。

1934 年 11 月 11 日，省委在河南光山县花山寨召开了常委会议，根据党中央的指示，决定立即向鄂豫陕边转移，以

---

* 本文原标题为《坚持大别山斗争的二十八军》，收录时做了适当修改。

112

摆脱被动局面，开辟新的革命根据地。会议同时决定，由留下的省委常委委员、皖西北道委书记高敬亭同志重建红二十八军，继续坚持鄂豫皖边区的革命斗争。由于高敬亭同志远在皖西，省委只好在临行前，交由鄂东北道委转告给他。

省委和红二十五军离开根据地后，形势更加危急。蒋介石立即令其集结在鄂豫皖边区的东北军第五十七军和第六十七军、刘镇华的第十一路军、梁冠英的第二十五路军等正规军共 56 个团，加上鄂豫皖三省的十多个保安团，共约 17 万人，分四个"驻剿区"，以追、堵、围、截等手段，对我留下的红军和党政机关人员，实施梳篦式的"清剿"，同时，加紧修筑碉堡封锁线。

1935 年 1 月 21 日，高敬亭同志率领的二一八团被敌一〇六师、一〇八师、独立五旅包围在赤城（今河南商城、安徽金寨之间）熊家河地区，经三天激战杀出一条血路，撤至熊家河以东小南京的荒山上。2 月 1 日，部队到达立煌县（今金寨县）的抱儿山。

就在这危急关头，少共鄂东北道委书记方永乐同志率领鄂东北独立团，突破敌人的多次堵截，来到了抱儿山。两支红军部队在危难中会合，都激动得热泪盈眶。但大家听说省委和红二十五军已经离开根据地，都被这惊人的消息怔住了。过一阵，部队急速向东南方向转移。2 月 3 日，部队到达太湖县凉亭坳。高敬亭同志在这里召开了紧急会议，传达了中央和省委的指示，要求大家以革命大局为重，坚决拥护中央和省委的决定。当即宣布将二一八团与鄂东北独立团合并，重建红二十八军，下辖第八十二师和手枪团，全军共1000多人。高敬亭同志任军政委，并统一领导鄂豫皖边区党政军工作。

红二十八军在革命的危急关头，再次成立了。从此，鄂豫皖边区的革命斗争，翻开了新的一页。

桃岭战斗后，蒋介石见其三个月消灭我军的计划破产，于1935年4月24日电令鄂豫皖"剿总"，重新部署13个师、1个独立旅，共61个正规团，分三个"防区"，对我加紧"清剿"，并限令于两个月内将我军全部消灭。

为了有效地保存自己，红二十八军决定西进桐柏山区，寻找红二十五军。

5月22日，我军越过了平汉铁路。敌人发现这一情况后，慌忙调兵追赶。5月23日，我军到达桐柏山泌阳县的五道岭，才发现前方是一片开阔地，有敌骑兵阻挡，军师领导毅然决定东返。

这时，追赶我军的敌独立五旅，早被我军拖得疲惫不堪，但见我军东返，又继续追赶。6月1日，红二十八军在随县桐桥畈东侧的桃花山，伏击了这支敌军。歼敌600余人，缴获大量武器弹药。战斗结束后，为了迷惑敌人，部队又转回桐柏山，登上玉皇顶，然后，乘夜急速下山，插向应山，越过了平汉铁路。

返回老区后，6月13日，我军在光山县斛山铺以南的王园歼敌东北军一〇九师六二七团2个营。6月18日，在麻城县段水山再次伏击敌独立五旅，歼敌200余人。这两次战斗，又缴获了大量武器弹药。

7月2日，我军到达太湖县店前河与皖西特委、二四六团及一、二路游击师会合。军政委高敬亭同志主持召开了营以上干部会议，总结了这次往返平汉铁路，行程1400里，三战三捷的经验。提出了"敌情不明不打，伤亡过大不打，地形不利不打，缴获不多不打"的"四不打"作战原则；并根据敌人指挥不统一，和武器装备、战斗力强弱的差异，提出了"拖垮二十五路，相机打十一路和东北军，向保安团要补给"的方针。这次会议，进一步坚定了我军坚持鄂豫皖边区革命斗争的信心，明确了游击战的方针原则，提高了我军游击战的水平。

会后，我军在皖西和鄂东北的黄安、麻城一带山区往返游击，先后歼敌多股。并于1935年8月13日夜袭孤立驻守霍山县花凉亭的敌六十五师一九五旅二九〇团，重创其1个营，毙伤敌200余人，俘敌100余人，缴获步枪300余支、轻重机枪7挺、迫击炮1门及各种子弹万余发。

1935年秋后，蒋介石为阻止我主力红军北上，将东北军陆续调往西北，换来十师、八十三师、一〇二师、一〇三师。敌人在鄂豫皖边区的兵力，逐渐减少，但筑成了纵横交错、密织如网的7条封锁线，给我军行动造成了极大的困难。为了摆脱困境，八十二师政委方永乐同志带一营、二营、三营、特务营和手枪团2个分队去靠近长江的黄梅、广济（今武穴市）。方永乐同志进入这一带后，发现敌人兵力相当空虚。他仅以手枪团1个分队就轻取濒临长江的孔垄镇，全歼敌1个保安分队。为了进一步摸清敌后平原地区的虚实，他又令林维先率领1个加强连下平原。林维先等同志化装成敌军，7天连克浠水县团陂，黄冈县巴河、上巴河3个大镇，消灭敌保安团2个连，智擒过路的敌二十五路军秘书长，烧毁敌军仓库1处，缴获大批服装、武器，俘敌60余人。根据这次小部队出击经验，高敬亭同志于1936年3月上旬在太湖县柴家山召开干部会议，提出了"化整为零、集零为整"的方针，确定我军今后主要以营为单位分别深入敌人兵力薄弱的平原、丘陵地区活动。

西安事变后，蒋介石在南方各省加紧"清剿"。1937年4月27日，任命卫立煌为鄂豫皖边区督办。卫立煌上任后，改变了"分区驻剿，追堵兼施"的办法，以大部分兵力组成"追剿"纵队，对我军实施"深入穷追""分头兜剿"。同时，加紧移民并村、烧山毁林，妄图以"竭泽而渔"的手段，使我军陷入绝境。针对卫立煌的毒辣手段，我军主力越过平汉铁路，到敌人外线活动。在信阳县光山地区与河南省委周骏鸣领导的鄂豫边游击队会合，协助这支兄弟部队打下了地主武装盘踞的蔡家围子，巩固了这里的游击根据地。此后，又在鄂豫边游击队的配合下，拔掉了几个反动据点，进入确山县竹沟地区，为党在这里建立抗日根据地奠定了基础。

三年中，我军共歼敌 18 个营另 15 个连和大量小股敌军，钳制敌正规军最多时达 68 个团，最少时也有 30 个团，创造了游击战的辉煌战绩。

红二十八军长期处在敌人的反复"清剿"和严密封锁下，伤病员安置、后勤供应、兵员补充等方面，都存在严重困难。为了解决这些严重的困难，明确提出要创建新的游击根据地，并为此进行了不懈的斗争。

红二十八军转战皖西，谋求打开局面，建立游击根据地，但几经奋战都没有成功。因为部队天天处于敌人前堵后追之中，根本无法立足。而新组建的皖西特委和二四六团，乘敌人主要力量追堵主力红军之机，以小部队配合便衣队，在敌人统治薄弱、地形和群众条件较好的霍山、潜山、舒城、太湖、英山等县交界的山区，通过打土豪、歼民团、发动群众，建立了几小块游击根据地。

便衣队这种组织形式，早在 1933 年秋红二十五军在鄂豫皖边区坚持斗争时就出现了。中共鄂豫皖省委对此十分重视，在 1933 年 11 月 10 日关于今后的斗争方针问题向中央的报告中，认为便衣队是"极为适宜的一种游击武装的方式"，明确提出"现在最有发展希望及最重要的运动就是便衣队的运动"。为了有效地保存自己，适应对敌斗争的需要，巩固老区，建立新区，坚持敌后游击战争，粉碎敌人的长期"清剿"，鄂豫皖边区各级党组织和红二十八军，把发展便衣队提高到战略地位，用极大的力量去发展便衣队，依靠便衣队去建立新的游击根据地。

1935年夏季以后，便衣队像雨后春笋一般蓬勃发展起来。在三年游击战争中，便衣队先后发展到大小100多支，遍布鄂豫皖边区20余县。三年间，便衣队向红二十八军提供了大批现款和相当数量的粮食、布匹、鞋子、药品、雨伞、毛巾等物品，有力地支援了主力红军。红安县委和中心县委的20支便衣队，还担负救援鄂东北老苏区的重担。他们到附近筹粮，通过地下党和基本群众到敌占区购买生活用品和药品，夜间送进山去，或通知后方的同志下山来背，使老苏区的后方机关和医院，在敌人的反复"清剿"中能够坚持下来。

便衣队是鄂豫皖边区党和红军的一大创举，在三年游击战争中取得了很大的发展，便衣队建立的游击根据地，成了主力红军的后方，对坚持三年游击战争起了重大作用。

三年敌后游击战争中，红二十八军得到鄂豫皖边区人民的全力支援，这是取得最后胜利的重要保证。

人民群众踊跃参加红军，投入保卫鄂豫皖边区的人民游击战争。黄冈地区有400多名青年参军。先后组建了2个战斗营，成建制地编入红二十八军。灵山便衣队先后组建了十几支小游击队，为红军输送了成百名战士。信阳县周塘埂、黄家湾一带有40多名青年参加了鄂东北独立团。据不完全统计，三年中参加红二十八军和各地游击队的青年，在2000

人以上。许多地方出现了父送子、妻送夫的动人情景。人民群众踊跃参军，使红二十八军和地方部队不断得到兵员补充。

边区人民经常冒着生命危险掩护红军伤员和便衣队队员，有的甚至献出了宝贵的生命。红军伤员分散住在群众家里，群众精心护理，胜过亲人。他们宁肯自己挨饿或吃野菜野果，也要设法给伤员弄点大米、白面吃，甚至将家中仅有的下蛋母鸡杀了炖给伤员吃，以增加营养，使伤病员早日康复。将军山便衣队安置伤病员在群众家中，碰到民团"清乡"查问时，媳妇即以"这是我的丈夫"来进行掩护。敌人"清剿"前，群众白天把伤员背上山，藏在隐蔽的山洞里，以避开敌人的搜捕，晚上再背回家里调养。红安三区便衣队在一户群众家中存放了100多支枪和一些银圆，有一次三位便衣队队员正在楼上休息，碰上两个叛徒带领民团来搜查，这家男子外出刚回家，挺身上前让民团抓走，并用暗语告诉他妻子赶快叫便衣队队员带上枪支和银圆转移。敌人明明看见便衣队进了光山县夏青区的一个村子，就是搜查不出来，原来是一位木匠将便衣队队员藏在他家床边马桶下的一块石板盖着的地洞内，别动队抓了村里20多人，当场杀死3人，逼问便衣队藏在哪里，群众宁死不屈，无论是大人小孩，什么都没有说。有一次敌军在长岭岗搜山，贫农曾少山带着全家和红军伤员隐藏在山洞里，当敌兵正在山上搜寻时，曾少山的孩子突然惊哭起来，为了掩护伤员，他毫不犹豫地掐死了自己的孩子。像这样可歌可泣的动人事迹，是举不胜举的。

鄂豫皖边区人民的全力支援，是坚持三年游击战争并取得最后胜利的坚实的群众基础。

1937 年 7 月下旬，红二十八军根据党中央文件精神，同国民党鄂豫皖当局进行了和平停战谈判，并达成了协议。8 月，红二十八军各部队和鄂豫皖边区党组织及其所领导的地方部队、便衣队，陆续到黄安县七里坪、两道桥和礼山县（今大梧市）宣化店、黄陂站一带集中整训。11 月份全部集中完毕，共 1800 余人。

1938 年 2 月下旬，红二十八军和鄂豫皖边区党组织及其所领导的地方部队、便衣队，与豫南的兄弟部队改编为国民革命军陆军新编第四军第四支队，3 月 8 日奉命东进，踏上抗日征程，担负起新的历史重任——东进皖中、皖东创建敌后根据地，成为该地区的一支抗日主力军。

困难重重的后勤保障[*]

张　祥

　　红二十五军离开鄂豫皖根据地后，由于敌人的残酷破坏，血腥屠杀，加之疫病流行，根据地遭到了严重的损失。许多地方变成了鸟无栖息之所、人无隐身之地的杳无人烟的地区，其荒凉景象惨不忍睹。边区的生产处于停顿状态，经济萧条，物资奇缺，军民生活极端困难。在此情况下，红二十八军各级后勤工作人员克服重重困难，尽力组织实施后勤保障工作，为保存革命力量，保障对敌斗争的胜利，做出了巨大的贡献。

　　红二十五军西进后，在鄂东北天台山地区有一个较大的后方医院，当时叫总医院，收容红二十五军留下的伤病员200 余人。伤病员分轻重两组，分散隐蔽在深山中。还有三个分院（也叫所），各收容三四十名重伤病员。另外，中共

---

　　* 本文原标题为《努力克服重重困难　尽力实施后勤保障——红二十八军的后勤工作》，收录时做了适当修改。

鄂东北道委下辖两个小被服厂，主要制作衣服、帽子和鞋袜。还有一个修械所，没有什么机器，只有几把钳子、锉子、锤子等工具，仅能对枪支做简单的修理，如修理准星、抓弹钩、撞针等。在皖西北，除了有几所收容红军伤病员的小医院外，皖西北道委还有三支特务队和一支 90 多人的运输队。

1935 年 3 月 24 日，驻赤城熊家河孤山的后方机关和二分院，被国民党反动军队一个团包围攻击，后方机关及二分院的工作人员几乎全部遇害。4 月，红二十八军成立经理部（即后勤部），吴先元为主任。后来，在敌人频繁"清剿"下，皖西北的医院等后方机构难以继续存在，后方工作人员被分到主力红军或便衣队中去了。原在赤城、赤南苏区的部分红军亲属、妇女干部（三四十人）上了金岗台，组成妇女排，在商南县委领导下，继续坚持斗争，并负责伤病员收治和手工制作鞋帽等工作，他们一直坚持到 1937 年国共合作时才下山。

1935 年 5 月中旬，红二十八军西进后，鄂东北道委组建了鄂东北特务队，共五六十人，主要任务是搞物资和筹款，多在平汉铁路两侧活动。同时，红二十八军成立了留守处，主任吴先元。这时，后方的人员得到了补充，医院、工厂都有所扩大。6 月上旬，红二十八军主力从桐柏山回到大别山，留守处遂又改为红二十八军经理部。

1936 年 5 月后，汪少川、漆先庭同志领导便衣队和地下党在黄冈地区开辟了一块新的游击根据地。这里物产丰富、人烟稠密、林木茂盛、群众条件好。由于地下党、便衣队进行的统战工作，当地国民党的许多联保主任和保长、甲长被我方争取利用。因此，这个地区成为三年游击战争中后期又一主要的后方基地，从人力物力上有力地支援了主力红军，伤病员也得到了较好的安置。

1937年4月以后，敌人对我实行更加疯狂的"清剿"，迫于形势，各根据地后方机关把机器埋了起来，有的藏在山洞里，工作人员都分散行动。有的突围到敌区去打游击，直到1937年秋国共第二次合作后，遵照党中央的指示，在黄安县七里坪将红二十八军和地方武装整编为新四军第四支队时，才把医院、工厂等后方机构重新恢复和组建起来。

红二十五军离开时，为了长期坚持，曾在一些山洞里储备有一些粮食、布匹、药品和钱款。后来，随着敌人的反复"清剿"搜山，红二十八军在后勤上越来越困难了。原来储存的物资，有的被我军用掉，有的被敌人搜去。再加上部队一般是以营为单位分散活动，没有巩固的后方，无法组织生产。苏区破坏严重，群众生活难以为继，许多群众被敌人杀害，有的被抓走，也有的为谋生路逃到外地，就地筹措实属不易。在此情况下，后方机关部队除通过便衣队在敌区采购一些食品外，有时只能靠挖野菜、摘野果来充饥。主力红军的物资来源则主要靠取之于敌，以战养战。

红二十八军各级设几名负责经济、军需供给的专职人员。连有司务长，营、团有副官，连队还有经济委员会。部队打土豪没收来的银圆，分给各级干部保管，行军打仗时背在身上，以备必要时使用。

红军的枪支弹药，主要靠部队打仗时缴获敌人的武器弹药来补充。1935 年 6 月 13 日，我军在光山县斛山铺西北王园地区歼敌一〇九师六二七团 2 个营，缴获步枪 500 余支，轻机枪 18 挺，迫击炮 2 门，使我军的武器装备大为改善。此外，有些地区如经扶县（今河南新县）、广济县、鹞落坪等地，还通过便衣队做敌军工作，从敌方购买少量的子弹和枪支。其他军需物资的供给，则主要靠没收土豪劣绅、反动资本家的财产来解决。部队打进一个城镇，经过调查后，对土豪劣绅的财产和反动资本家开的商店，如布店、盐店、药店等，即行没收。缴获来的和没收来的物资，一部分留部队自用，一部分送到后方，其余则救济当地贫苦群众。

住宿方面，三年游击战争的初期，苏区还有残墙断壁的破房子。后方机关、伤病员和部队多住在这样的破房子里。后来，敌人搜山时见房子就烧。没有破房子了，就砍树枝、竹子、茅草在山上搭棚子。再后来敌人见草棚就烧，连草棚也住不上了，就找山洞住，夏天为防虫咬，就在树上用树皮、枝条捆树枝当睡铺。冬天，用布单子搭篷，弄些树叶、茅草铺盖在身上睡觉。前方部队的宿地，有土豪劣绅时，就利用他们的衣被过夜，没有这样的条件时，就向群众借用或购买稻草取暖。在大雪纷飞、北风呼啸的夜晚，同志们背靠着背挤在一起互相取暖，熬过漫长的寒夜。当时，红军战士中流行着这样的歌谣："铺稻草、盖稻草，不是红军谁能受得了。"

在解决吃饭问题上，前方部队是打到哪里吃到哪里。部队到一个地方，如有地主，就杀猪分粮做饭吃，走时每人还背一袋子米，没有地主时就用银圆向群众买点粮，有时也以班排为单位做饭。由于战斗频繁，随时都要准备行动，所以，做饭时大家一齐动手，往往一顿饭连做带吃不超过一小时。有时饭刚做好，敌人来了，只得挑着边走边吃。

穿衣主要靠缴获敌人的制服。如1936年3月，我军打下巴河敌人的军需仓库后，每个指战员身上都穿了好几套服装走。此外靠打土豪时得来的衣服和用没收的布匹自行制作来解决。当时由于行动频繁，弄布料和制作都很困难，加之为了轻装，在三年游击战争中，红军没有棉衣穿，冬天仅穿两件单衣或夹衣（实际上由于行军作战频繁，为了轻装，即使有缴获的棉衣，指战员也不愿意穿）。不发棉被，每人发一块小被单，有时用它铺，有时用它盖，雨天还用来当雨衣。红军穿的鞋子，有的是群众做的，有的是用布跟群众换的，或用钱买的，有的是自己用线或布条打的布草鞋。没有袜子穿，冬天就用布把脚包起来。

由于敌人"驻剿"封锁，后方机关的供给就更困难一些，通常是一收到前方送来的钱款之后，便委托便衣队通过地下党组织和基本群众到敌占区去购买生活用品和医药用品。便衣队的同志买到东西，有时夜间送到山上来，有时通知后方的同志下山去背。在敌情许可的情况下，后方的领导机关也组织后方的武装分队和机关人员外出到敌军驻防薄弱的地区去打粮。后来，有些土豪劣绅在我强大压力下，主动找便衣队联系，保证不做坏事，并按时纳粮，鄂东北道委根据这一情况，在不少地区改打粮为征粮。到1935年以后，各苏区的党组织和便衣队，陆续实行了这种革命的税收政策，即规定中、小地主按期缴纳一定数量的粮款，并保证不替敌人干坏事，我方则予以保护。这样做，既分化了敌人营垒，又保持了一定数量的钱粮来源。

在三年游击战争中，我们既缺少医伤治病的药品器材及伤病员所需的生活用品，也没有供伤病员休养的安全稳定的环境。当时红二十八军部队的医疗救护组织不健全，许多连队没有卫生人员，营以上的单位才设有卫生机构。医务部门人员不充实，尤其是男看护更少。当时根据任务需要，卫生人员有时在前方部队中担负医疗救护任务，有时调后方医院工作。由于伤亡大，又没有培训条件，医务技术人员相当缺乏，一个医务所只有两三名医务人员。团医务所也不到10名卫生人员。战斗中发生的伤员，多数是指战员自行包扎救护。红军指战员在战争环境中，通过实践都学会了一点卫生常识和战地救护知识，如包扎止血，一般战士都懂。战斗中出现了伤员，知道先弄块布包扎起来，骨头断了就用树枝代替夹板固定一下，再把伤员背下来。有时，在敌人围追堵截的情况下，伤员很难及时送到后方医院。所以，轻伤员一般都不下火线，跟着部队走。负重伤就抬着走，到了地形有利、群众基础较好的地方，通过便衣队留下一些钱把伤员安置在基本群众家里进行治疗。

当时的后方医院，一没有病房，二没有固定的地点，医务人员就背着米袋子、干粮袋子、药包，抬着伤病员在山上到处"打游击"，有的住在山洞里，有的住在草棚里，白天隐蔽在山上，太阳落山后背下来治疗，吃东西，换药，天亮前再送到山上分散隐蔽起来。1935 年以后，由于敌人"驻剿"搜山，有的后方医院被敌人搞掉了，有的医院根据形势的需要不得不化整为零，卫生人员跟着部队行动，打仗时有了伤员，卫生人员跟着留下来，由地下党和便衣队安置在白区革命群众家里，有时也把伤员交给同我方有联系的保长、联保主任，要他们负责安置照顾。卫生人员化装成老百姓，有的女同志化装成男的，住在群众家里，为伤病员进行治疗，有的化装成去地里干活的样子，从这个山头转到那个山头，为伤员换药、送吃的。

当时治伤条件很差，开刀动手术就在群众家里，有时在山沟里为伤员做手术。麻醉药很少，有时根本就没有麻醉药。也没有什么成套的器械，所用的探针是用洋伞伞骨子做的，镊子是用竹子做的，所用的敷料，有时弄不到棉花，就把缴获敌人的棉被或破棉袄里的棉花拿出来清洗消毒，或把旧破被单在山沟河里洗一洗，用锅煮几个钟头，用来敷伤口。绷带有时也是用被单、旧衣服制的。治外伤的药极少，硼酸、灰锰氧、雷夫奴尔一类的药品很难弄到，主要靠卫生人员采集草药或用土办法治伤。如用盐水、茶叶水洗伤口，用南瓜瓤糊伤口，用猪油、食油代替凡士林，煮布条做捻子贴伤口。

当时无论环境多么艰苦，情况多么紧张，前线送来了伤员，医院都想方设法积极接收下来，从没有拒收过一名伤员。并且经过医务人员的努力，在简陋的条件下，使许多伤病员恢复了健康。一次万进东同志脚部负伤，在没有麻醉的情况下，林之翰医生为他做了手术，保住了受伤的肢体，避免了残疾。还有一次，张宜爱打仗时腹部受伤，肠子外露，范绣楼医生对他实施紧急救治，使他伤愈归队。所有这些，对于保护革命火种，维持部队战斗力，发挥了重要作用。

从1936年起，在便衣队所开辟的游击根据地里，由于战斗频繁，收容伤病员较多，逐渐形成了伤病员收治点，在山林里搭起大草棚，办起了一些"山林医院"。如黄冈便衣队先后治愈了200多名伤病员，大岗岭、鹞落坪、小河南、仙人台等地的小医院，也经常收容数十名伤员，灵山便衣队先后掩护安置了70多名伤员，莲塘山便衣队和黄安县的便衣队也掩护安置了不少伤病员。

反"清剿"战斗[*]

邓少东

国民党为了扑灭革命火种，1934 年冬至 1937 年秋，对鄂豫皖边区军民进行了惨绝人寰的围攻和屠杀。其中大的"清剿"有四次。

1935 年 1 月至 4 月。鄂豫皖"剿总"根据蒋介石 1 月 8 日的命令，在原来的四个"驻剿"区基础上调整了部署。集结了 12 个师，加上三省十多个保安团，共 75 个团，17 万多人，发动第一次"清剿"。妄图在三个月内，剿灭留在边区的红军部队。

国民党的企图主要是将红二一八团和皖西第一、第二路游击师等消灭于开顺街、武庙集、苏仙石以南地区。

在国民党进攻未发动前，高敬亭令第一路游击师南下罗田，第二路游击师东渡史河，到外线牵制敌人，他亲自率领

---

* 本文原标题为《反国民党军队四次"清剿"战斗情况》，收录时做了适当修改。

刚成立的红二一八团坚守在根据地内的熊家河、皮坊、铁岭地域。1月21日，敌一〇六师和一〇八师各以1个团的兵力向我阵地发起攻击。激战三日后，独立五旅又向我右侧后袭击，处境十分危急，我遂撤出战斗，至朝阳山，遇敌包抄，撤至黄眉尖，又遭敌合围。当即留下商北大队迷惑和迟滞敌人，主力由赤城县委书记石裕田带路冲出重围，经火炮岭到达胭脂、麦园一带。部队没有饭和盐吃，只能煮点清水野菜充饥。随后，几经辗转，到达潜山、太湖地区，开展游击活动，打了几个小胜仗。

2月1日，高敬亭与方永乐会合后，遵照中共鄂豫皖省委留下的指示，将两部合并，成立红二十八军，高敬亭任军政委，方永乐任八十二师政委。

为寻找新的立足点，高敬亭于2月16日在潜山县白果树召集会议，决议成立中共皖西特委和红二四六团，由徐成基任特委书记兼团政委（此后，徐成基即带这个团到舒城、霍山地区建立游击根据地）。会后，主力经霍山包家河进抵立煌县的黄毛山。2月21日，部队分为两路：师政委方永乐率领主力在霍、潜、太、舒地区活动；高敬亭带二营和手枪团三分队回赤城、赤南根据地活动。部队首次分散行动，历时月余，取得了在梓树坪歼敌1个营大部、鸡冠山毙伤敌300余名和界岭全歼敌1个营的胜利。4月6日，两部在太湖县泥头店会合后，拟进攻敌守备空虚的宿松县城，以补充装备、给养，便于而后去罗汉尖建立游击根据地。因途经周家湾遭敌袭击,遂改变原定计划。19 日,部队开赴潜山桃岭,歼敌一九〇团 2 个营,营长乜士信被击毙。敌人受到沉重打击,"清剿"计划未能实现。

1935 年 4 月至 6 月。桃岭战斗的胜利,震撼了敌人。蒋介石气急败坏,于 1935 年 4 月 24 日,又下令限期在 6 月底"肃清"红军,否则"以纵匪论罪"。

桃岭战斗后,红二十八军主力在霍山、太湖、英山等县游击,与敌有小接触。5 月 7 日,在霍山县黄尾河与红二四六团会合。鉴于敌将重点在霍、舒、太、潜发动"清剿",军部决定留下红二四六团坚持皖西斗争,红二十八军西进桐柏山,北向陕南,相机与红二十五军会合。会后,我军向西北方向挺进。经六安、霍邱边界,于 5 月 14 日进至固始县南的五尖山。这时,敌人 3 个团对我军进行前堵后追,企图向我军合围。其中一〇六师六一六团在炮火掩护下疯狂向我军进攻。我军顽强抗击后,趁夜幕转移。15 日,在商城县前、后榨子凹歼敌河南省保安第一大队,将缴获的 5 挺轻重机枪、200 多支步枪和 2 万余发子弹给特务营换了装。部队继续西进,5 月 18 日抵罗山县查家坳,又遇敌一一六师六三六团三营(欠九连)拦截。我担任前卫的一营,乘敌尚未展开,将其歼灭。缴获轻机枪 6 挺、步枪 200 余支、子弹万余发,并击毙敌营长。

由于我军前进途中迭获胜利,敌人手忙脚乱,一面急令独立五旅接踵穷追,一面调骑六师、一〇五师骑兵团和一〇二师到泌阳、唐河、随县一带截击。5 月 22 日，我军在礼山县杨平口西越平汉路，抵达泌阳东南 25 公里的五道岭地区。鉴于当前敌情严重，高敬亭召集干部研究去向问题。大家认为：前有重兵把守，后有追兵紧跟，云陕南途中尚需经过广阔的平原，沿线有重兵阻截不好通过；况且党赋予红二十八军的任务是坚持鄂豫皖边区的斗争。于是决定放弃与红二十五军会合的计划，仍东返边区。这是红二十八军和鄂豫皖边区历史上的转折点。次日清晨，部队出发不久，即遇敌骑六师和独立五旅各一部前后夹击。我与敌激战终日，晚 9 点方乘天黑转移。31 日，在桐柏东边的淮河店，我军前卫部队一枪未发，俘获东北军一支运输队（有骡马 50 余匹），随后翻过新玉皇顶，进入随县的华石嘴一带宿营。当晚敌独立五旅亦探踪而至。次日晨我军在桃岭设伏，毙伤其 600 余人。之后，向桐柏山以西地区游击，歼敌一部。6 月 9 日，从武胜关以南、广水镇以北地段返回平汉路东，进入罗山县彭新店地区。部队在此应鄂东北道委的要求，抽出一些干部作为第三次重建鄂东北独立团的骨干。6 月 12 日，敌第一防区第五十七军一二〇师、一一一师和骑十师各一部企图对我军合围。我识破其阴谋，部队迅速转入光山县东南 15 公里的王园地区，在此一举歼灭前来拦击的敌一〇九师六二七团（欠一营），缴获步枪 500 余支、轻机枪 18 挺、迫击炮 2 门、子弹万余发。同时，还在赛山寨歼灭敌独立五旅 1 个尖兵排。而后迅速向南进入麻城县境。6 月 18 日到达段水山时，敌独立五旅旅长带着 2 个团赶来截击，中我军埋伏，被歼 200 余人，其六一五团团长曹兴文、营长李子纯、傅秉岐等人，均被我军击伤。随后部队南下，进入皖西太湖县的店前河地区。

我军这次反"清剿"西去东返，行程 700 余公里，奋战两个月，所战皆捷，粉碎了敌人预定两个月消灭我军的黄粱美梦。

1936 年 2 月至 12 月。1936 年 2 月，卫立煌就任鄂豫皖边区"清剿"总指挥，叫嚣要在"最短期内肃清"红军。

3 月上旬，我军各部于太湖县柴家山会合。高敬亭召开了营以上干部会。决定避开敌军主力，跳出包围圈，到外线作战，以争取主动，并以营为单位活动，缩小目标（此前的 1 月下旬，为了保持各营有一定的战斗力，即已撤销红二四四团二营建制，所部分别编入一营、特务营和手枪团）。将三营改为二四五团，由梁从学任团长，下辖 2 个连和手枪队。3 月中旬，部队分为三路由高敬亭、梁从学、方永乐分别率领，进入预定地区游击。

3 月 14 日晨，高敬亭率领特务营和手枪团一分队出发，途经宿松县二郎河进入黄梅县苦竹口地区，遇敌湖北保安十二团三营在前迎击。由于敌已先期占据有利地形，与之激战 2 小时，即撤出战斗，转入蕲春边境。22 日向梅川镇方向前进，途经广济县打抒口，保安七团 1 个营赶来阻击，被我军全歼。战斗结束后由横冈山北上，进抵麻城县境。这时高敬亭任命詹化雨为手枪团团长，带领特务营活动。高自己带手枪团一个分队到罗（罗山）陂（黄陂）孝（孝感）新苏区检查工作。三四月间，特务营一直坚持在孝感、黄陂、黄冈、麻城一带开展游击。

梁从学带领二四五团，到黄梅、蕲春两县活动。3月25日，部队从蕲春县桐山冲出发，奔袭徐家桥。毙俘敌守护队长以下16人，并在街上召开群众大会，张贴标语，扩大了红军影响。4月初，部队东进，先后攻克潜山县黄泥港、怀宁县的三头桥、王家河和高河埠四个重镇，战果累累。仅在高河埠即歼敌百余人。4月上旬，转到广济县，在团陂与敌遭遇，梁从学负伤。二四五团归建，仍为红二四四团三营。

方永乐带领一营和手枪团2个分队向北到大崎山时，即自带手枪团在黄冈、麻城地区活动。一营由师参谋丁少卿带领，去罗陂孝地区游击，转战于立煌、商城、潢川、光山诸县。4月13日，在光山县赛河桥头伏击"官车"，截俘20多名官僚和土豪劣绅。4月20日，部队转到礼山县陆家冲，适值敌一〇二师1个团正在老山寨进攻鄂东北独立团。一营出其不意将敌预备队1个营全部歼灭，接着配合独立团前后夹攻，将敌另2个营击溃。此战毙伤敌100余人，俘敌400余人，缴获各种枪约400支。当晚部队撤到大悟山，遭敌包围。安全突围后，先向南经孝感又折而北上，于4月下旬进至黄安县境。沿途，在涂门港、东阳岗、长轩岭等处，歼敌保安团1个连另3个排，并摧毁敌汽车3辆。

红二十八军分散活动两个月后，5月中旬初，三支部队的大部分又在立煌、麻城交界的长岭关会合。而后，向北经商城县的马家堰转至麻城县境。14日上午约8点，进至雾露塘坳口，遭敌阻击。师政委方永乐率手枪团第三分队掩护主力转移时不幸牺牲，时年21岁。方永乐同志是深受指战员爱戴的领导者，平时严于律己，为人表率；战时身先士卒，指挥若定。他对红二十八军的建立、成长和壮大有卓越的贡献。

5月16日，各部在麻城县三河口集中，在麻城境内活动数日后，于28日进至黄冈县大崎山。次日，为适应斗争形势的需要，再次分散活动。此后至10月中旬，一营三过平汉路，先后毙俘敌750余人，缴获长短枪530余支。特务营转战于鄂、皖边境的广大地区，打了很多胜仗。并抽调一些骨干和武器，协助黄冈党组织建立了4个区委和1个营的地方武装（黄冈战斗一营）。

高敬亭在检查各地工作后，于11月17日率领一营和手枪团到达麻城、光山、商城一带。部队在游击根据地内拔除了一些"移民寨"，消灭了一批地主武装；手枪团三分队与商南中心县委书记张泽礼一起去赤城根据地破寨摧堡，收复失地。在此期间，特务营在外围的潢川、固始、霍山、六安、舒城等县，积极打击和牵制敌人，有力地配合了主力恢复各区的行动。11月25日，高敬亭率领一营和手枪团2个分队，在银永寺东渡史河，转战六安、霍山、岳西、潜山等县。12 月中旬到达蕲春的龙井岸，歼灭尾追之敌九十四旅一八七团的 1 个营，缴获轻机枪 10 挺。至此，我军第三次反"清剿"胜利结束。

1937 年 4 月至 7 月。1936 年 12 月下旬，蒋介石在西安事变中被扣获释后，一面表示要停止内战，联共抗日；一面却实行"北和南剿"的方针，继续对我军南方各省游击根据地进行"围剿"。为了加强对"清剿"的指挥，国民政府军事委员会于 1937 年 4 月 27 日成立了以刘峙为首的 19 人组成的豫皖苏军事整理委员会。同时任命卫立煌为鄂豫皖边区督办公署督办，在岳西、信阳、经扶各设一个督办处。

此时，敌在边区有正规军 7 个师另 1 个旅，鄂东地区的保安团由原来的 4 个增加到 12 个，共计 42 个团。"清剿"的重点放在鄂东。

在敌人大规模"清剿"之前，我军主力曾一度集中行动，先后歼敌 4 个多营。4 月，我军主力各部包括黄冈战斗二营改编的新二营在内，都分散于各地单独活动。敌情越来越严峻。

5 月上旬，鄂东北独立团在光山县天台山，遭敌一〇二师 1 个团包围，被迫分散突围。6 月 7 日转移到礼山县东高庙，又遭敌四十七师 1 个团包围，部队被压迫在两义河内。适值山洪暴发，淹死了许多同志。最后，该团返回东大山苏区时，只剩下 30 余人。

6 月 5 日，特务营和手枪团三分队按预定时间、地点，去天台山与军政委会合。途经黄冈刘家坳与敌一九三团遭遇，敌我争相从北、南两个方向抢占制高点望兵寨。我军捷足先登，占据了有利地形，向敌猛烈开火，歼敌前卫营大部，缴获轻机枪6挺，击毙敌营长1名。随即撤出战斗，向天台山方向转移。敌三十三师大部跟踪尾追，同时，另有5个师各一部和2个保安团亦从几个方向对我军多路合围。我军未侦知这一严重情况，继续向天台山方向前进。旬末经经扶县高家湾、方家湾到达打鼓岭、古峰岭，拟西渡倒水向河口镇转移，方知黄安至七里坪的公路已被封锁。这时，敌约2个团向我军猛扑过来。部队继续向瓜儿山方向转移，在东岳庙西侧又遭敌截击。我军边打边撤，伤亡较大，部分人员被冲散，部队当晚到达瓜儿山。11日拂晓，敌在炮火掩护下向我军发起攻击。我军殊死奋战，顽强抗敌，予敌以重创，我军也有不少伤亡。突围后，且战且退转到仰天窝，又遭敌拦击，部队全被冲散，幸亏当地便衣队协助才陆续集中起来。这时，部队只剩下两三百人。手枪团三分队100余人去高山岗与军政委会合。特务营100多人到黄冈县的雍和山、神仙寨一带活动。不久，从皖西来的潜山战斗营和手枪团一分队也先后到达黄冈。这三支部队会合后，先在白羊山毙伤敌300余名，缴枪100余支，之后，特务营与手枪团一分队又东向浠水、蕲春，在何铺乡歼敌1个连。

同一时期，新二营随一营从鄂东北向西转移。6月12日，部队在门坎岭以西越平汉路时，遭敌一〇二师截击。新二营在战斗中伤亡较大，未能冲过铁路。在返回的路上，又一再遭敌截击和伏击，经几次激战，全营只剩下 100 余人。6 月 26 日夜，部队在卢家河附近山上大庙宿营，因连日行军作战，疲惫不堪，失去警觉，被敌包围。部队在枪声中惊醒，跃起与敌展开肉搏，给敌以很大杀伤。但终因寡不敌众，最后只剩下七八人冲出重围，另有少数人化装脱险。

与此同时，边区各地便衣队，也历经了艰难困苦，受到了一些损失。便衣队一般在 10 人左右，短小精干，坚持队自为战、人自为战。在群众掩护下白天分散隐蔽，有的躲在夹墙内，有的躲在山洞里，有的躲进古坟里，有的隐蔽在池塘的荷叶下，有时，在水中一泡一两天。山区隐蔽困难，就转到平畈；平畈也不行，就转移到外线有群众基础的地区。便衣队员像柳树，插到哪里就在哪里生根发芽，把群众发动、组织起来。比如老君山、天台山和卡房便衣队的工作就很有成效，他们在转移时不但自己未受损失，还把当地群众几百人带了出来。

鄂豫皖边区军民为期数月的第四次反"清剿"斗争，虽然经过了许多艰难曲折，付出了重大代价，但也予敌以不小打击，使其消灭红军的图谋又一次归于失败。1937 年 7 月 22 日，即抗日战争爆发后的半个月，红二十八军与国民党鄂豫皖当局代表在岳西县青天畈进行谈判，双方就停止内战，联合抗日达成了协议。从此，历史翻开了新的一页。

桃岭战斗*

林维先

  1934 年 11 月，红二十五军离开鄂豫皖根据地进行战略转移后，留在根据地的两支主力武装鄂东北独立团、皖西红二一八团，根据鄂豫皖省委临行前的指示，于 1935 年 2 月 3 日在安徽省太湖县凉亭坳合编成立红二十八军。从此，这支红军主力在鄂豫皖边区广阔的土地上，在人民群众的支持下，坚持斗争，与数十倍于己的国民党军队作战，取得了一个又一个胜利。其中，桃岭战斗就是一个典型。

  1934 年，我曾在红八十二师任师长，由于受"左"倾错误路线的影响，我被无故怀疑为"改组派"，并撤了我的职，到"生产队"当挑夫。红二十八军成立不久，国民党就觉察到大别山区革命武装有逐渐扩大的影响和威胁，立即调三个师从霍山、立煌、太湖方向向凉亭坳一带合围

---

  * 本文节选自《忆红二十八军的主要战斗情况》，收录时做了适当修改。

而来。初建的红二十八军在强大的敌军追击中，不能立足，被动转移，几次战斗失利，在这困难的时候，高敬亭要我担任特务营营长。

到特务营后，连队的基本情绪是对当前打一阵退一阵的情况不满，求战心切。战士们嘀嘀咕咕地说："老是打一阵退一阵，退到什么时候？""只有支付，没有收入，这叫什么打游击！"有的同志干脆提出来："痛痛快快地打仗，拼了也好。"各种意见都有，但意思只有一个：与敌人摆开来打，有敌无我，有我无敌。

军师领导理解战士们的求战心情，但他们重点考虑的是"机会"，如何选择一个好的时机打击一下国民党追敌的嚣张气焰。1935年4月20日，红二十八军转移到潜山县汤池畈附近的桃岭，桃岭主峰马家畈，高达600多米，地势陡险，东有伏龙寨，西有赵胡尖，形成了天然的通道。山下是来榜河，蜿蜒流过，河前一片田畈，长十来里。

中午，敌第二十五路军跟上来了，我军急忙渡过来榜河，顺着迂回的石板小径，攀上山岭。小径的右边是悬崖断壁，左边是深涧，越往上走，山路越险。我回头一看，山下，来榜河的对岸，灰蓬蓬的一大片敌人，横七竖八地散在那里，大概是累熊了，正在休息。

敌人休息，我们也抓紧时间休息。两个多月的不断奔波，同志们脚上满是水泡，我坐在石板上看到通信员小克脚板上的水泡像蜂窝一样，挑着、挑着，他不耐烦了，猛地站了起来，咬紧牙关，狠狠地在地上跺了几脚。望着年龄才16岁的小克，我又是心疼又是喜欢："小克，不要斗气。"他反问："营长，我们像这样要跑到什么时候啊？还不如跟敌人拼了。"突然，师部通信员小望江通知我，要我去开会。

赶到"会场"，人都到齐了。年轻的师政委方永乐正拿着望远镜向山下观察，少许，他放下望远镜，左手画了半个圆圈："老规矩，敌人又是先来一个团，这地方真好。"

军政委高敬亭右手紧握拳头向下狠狠一砸："打！"

"同志们，这一仗关系重大。打好了，不仅可以提高部队的战斗情绪，更重要的是为建立根据地创造条件。如果打不好……不！一定要打好！"军政委肯定地说。

当即区分任务，特务营担任正面阻击，坚决扼守山坳口；二四四团（欠三营）和手枪团隐蔽在南侧山坳部，待机向敌后出击断敌退路；二四四团三营为预备队，配置在西南侧。各部受领任务后，立即做战斗准备。

追敌是国民党第二十五路军九十五旅一九〇团，它既是九十五旅的主力，也是二十五路军的王牌。其团长十分骄狂，一营营长乜士信，二营营长苏桂攀是他得力的哼哈二将，他们对我军追击几天，误以为我军怯战，虽疲惫不堪，却紧追不舍。

我回到营里，战士们似乎早知道要打仗了，有的在擦枪，有的在霍霍地磨刀。我传达战斗任务后，战士们个个精神百倍，笑逐颜开。

二连在雷文学连长的指挥下，紧张地进行战前准备。身材魁梧的雷文学陪我检查阵地。一个调皮的战士向我眨眨眼睛说："营长，你瞧瞧，这是给敌人准备的点心，桃树岭的土产——石头'蛋'，吃了这，保管送他上西天。"一句话逗得大家哄笑起来。

我站在山坡上瞭望，见敌人像一条长长的蛇在山下蠕动，穿过来榜河，从田畈上慢慢地向山脚爬行，距离越来越近，一切看得更清楚了：拿刀的、提枪的、扛炮的、骑马的，大摇大摆，神气十足，竟连侦察兵都没派一个。

阵地上一片宁静。敌人愈爬愈近，前面几个说话的声音都能听得到了，我大喊一声："打！"枪声、手榴弹声，响成一片，前面的敌军一片片应声倒下，后面的还一股劲地向上冲，他们可能是认为我们又是老打法，打一阵会撤走的。

几次进攻，都被我军猛烈的火力揍回去了。敌人以为我军全部主力在山上，进攻暂时停止。一个军官模样的家伙骑马向后奔，在一群马旁停下来，和另外一个骑马的胖军官嘀咕什么，从战斗位置可以断定，他们是营长——也许是那哼哈二将吧。于是我对二连连长说："找两个射击技术高的同志，狙击那两个家伙！"

那两个家伙嘀咕一阵后，又跑回原地，立刻对我军开始强攻。炮弹像闷雷在身旁爆炸，轻重机枪子弹暴雨般倾泻在我军阵地前沿，硝烟弥漫，乱石飞迸。在炮火的掩护下，敌军在指挥官的督促下向山上爬，他们爬一阵，停一会儿，好像是刚吃过苦头，接受了一点教训。快接近阵地时，敌人的炮击停止了，我营全体指战员如猛虎扑食，冲入敌群，展开了一场激烈的白刃战，喊杀声震天动地，十多分钟后，敌人缩回去了。

利用战斗空隙，我到各连阵地巡视一下。有的在补修工事，有的在拨弄着刚缴来的枪。这时师部通信员小望江向我飞奔而来，他传达了师政委的指示，要我们再坚持半个小时。

敌人又进攻了，他们在督战队的威逼下，潮水般地向上涌，抢占岭下距阵地不过百多米的一块小高地。如果小高地丢失，我军阵地将受到很大的威胁。我向二连奔去，让他们坚决控制小高地。二连向小高地集中火力，刚冲上去的敌人还没站住脚跟，便倒在高地上，但后面的敌人一个劲儿地向上冲，也集中火力向我二连反击，小高地终于被敌人占领了。这时，二连战士们的子弹打完了，手榴弹也只剩下几颗，大家端着刺刀，抽出大刀，抱着石头，还有几个拿着粗树枝，等待敌人接近。形势对我不利。

敌人发现我们子弹打完了，叫嚣着："冲啊！捉活的。"

"杀！"我猛喊一声，带着战士们冲出阵地，与敌人展开一场激烈的白刃战。大刀像风车一样转动，金属的撞击声交织着敌人的惨叫声，刺刀卷刃了，用枪托打，大刀砍缺了，用石头砸，在这场搏斗中，同志们用生命和鲜血保住了阵地。敌人溃退下去了。

太阳已偏西，阻击战已持续了近2个小时，按照预定步骤，师政委带领的主力部队应该在山腰间打响，可我向北望去，还不见动静。

"营长，你看！"一个战士突然喊了一声。我朝他指的方向看去，心里不由得一惊：一群敌人已从我们右侧松林里绕过来，一挺机枪在离我20米左右的小山包上架起，我迅速举起驳壳枪，可是没打响，原来子弹打完了。在这千钧一发的关键时刻，机枪右侧忽然跳出一个人，双手举起一块石头向那架机枪的家伙砸去，只听"啊"的一声，石头"蛋"送他上了"西天"。与此同时，战士们扑上去，同敌人厮杀。突然，山腰里响起了枪声，我朝前一看，是我们二四四团在敌人的侧后打响了。

我兴奋得叫了起来："师政委带队伍来了！"全营指战员高喊着与敌搏斗。敌人遭到前后夹击，溃不成军，开始逃窜。我们的狙击手瞄准两个正骑上马准备逃命的军官，"砰砰"两枪，把他们打翻在地。此时，我手枪团也已从桃岭西北侧迂回到敌侧后，将敌分割数段。在我夹击下，将敌2个营全部歼灭，哼哈二将匕士信被击毙、苏桂攀被击伤。敌人丢下的枪支、弹药漫山都是，我们用它装备了自己。

等到敌九十六旅一九二团赶来增援时，我军早已休整完毕，离开桃岭 40 里了。

桃岭战斗的胜利，使蒋介石妄图三个月消灭红二十八军的计划破产了。但是，我军被动局面仍没有摆脱。

皖西北的火种[*]

陈　祥

　　皖西北苏区位于大别山北麓和中段，西含河南省的商城并与光山、经扶县为邻，北为河南固始和安徽霍邱，东为六安、霍山、舒城，南至潜山、太湖，西南与湖北省的麻城、罗田、英山县接壤。在艰苦斗争中创建的皖西北苏区，是鄂豫皖苏区的重要组成部分。

　　1932 年 10 月和 1934 年 11 月，三力红军红四方面军和红二十五军先后撤离鄂豫皖苏区远征川陕。在这两年时间内，苏区遭到敌人武装"围剿"和白色恐怖的摧残、破坏。1934 年冬，皖西北苏区仅存赤南、赤城两县地区，而且已成为一片荒无人烟的无人区，另外还有六安六区两个乡及霍山六区等三个乡。到 1935 年 6 月，除金岗台由张泽礼等同志领导的一支小部队和洪家大山等地有点武装力量继续坚持

---

　　* 本文原标题为《撒在皖西北的火种》，收录时做了适当修改。

斗争外，其余地区均被敌军占领。在敌人重兵压迫和肆意摧残下，革命人民不屈不挠，紧紧依靠党的领导，与凶恶的敌人展开殊死斗争，在皖西北的土地上，到处撒下了革命的火种，使这块红色根据地始终屹立在英雄的大别山上。

1935年2月3日在太湖凉亭坳重建红二十八军后，皖西的武装斗争开始了一个新的局面。2月16日，高敬亭在潜山与舒城交界处猪头尖成立中共皖西特委，同时任命徐成基为皖西特委书记兼二四六团政委，谋求在舒城、霍山、太湖、英山、罗田等县边界山区，发动组织群众，开辟新区。

皖西特委成立后，一面就地开展群众工作，安置伤员，一面派出部队开展游击战，打击民团反动势力，筹粮筹款，发动组织群众，建立党的组织。在红二十八军政委高敬亭的指示和支持下，组建了四路游击师，并陆续放下了一些便衣队开辟新区工作。特委很快同友邻地区的中共皖西北特委（书记刘敏）及其所领导的游击大队（后改为游击师，负责人是孙仲德、张如屏）取得联系，加强协同配合。特委还迅速与潜山等地地下党建立了工作关系，并把党的工作逐步扩展到舒城、霍山、潜山、太湖、宿松、英山、蕲春、黄梅、广济等县的广大山区。

特委开展地方工作的基本力量是便衣队，这是在白色恐怖下适应恶劣环境所产生的一种特殊斗争形式。当时，从红二十八军及地方武装中挑选优秀的指战员和原在苏区工作的地方干部，并吸收少数当地党员，组成若干支精干的便衣队，深入村寨，发动与组织贫苦农民，秘密串联，团结广大劳动群众，用各种方式支援红军，开展对敌斗争。从 1935 年 2 月至 1936 年春，红二十八军和皖西特委相继组织了 11 个便衣队，活跃在舒城、霍山、潜山、太湖、英山、罗田、宿松等县的广大地区，此后又在蕲春、黄梅、广济等县下放 10 个便衣队。在有主力红军做后盾并大量牵制敌军的情况下，便衣队协同地方武装开辟新区，取得了很大的成功。在便衣队活动的多数地区，虽然没有建立苏维埃，实际上控制了基层政权，形成新的游击根据地或稳固的立足点。

1936 年 9 月，高敬亭将中共皖西特委改为皖鄂特委，在特委书记何耀榜的领导下，工作又有了进一步发展。在纵横两三百里的游击区域里，20 多个便衣队的工作十分活跃，皖鄂边区的广大群众积极支援红军，送情报，抬担架，安置伤病员，妇女做鞋缝制军衣慰劳红军，在大岗岭、鹞落坪、沙村河、小河南、将军山、仙人台、马家河、罗汉尖等地区的山林里，设有红军的"山林医院"，还有小型修械所、被服厂。特委还指示便衣队从敌占区买来布匹、雨伞、手电、西药等物资供应军需，并组建地方武装为红军输送兵员。特委领导下的皖鄂边区新的游击根据地，对支援红二十八军坚持鄂豫皖边区的三年游击战争起了重大作用。

西安事变后，开始了国共合作的新时期。但蒋介石背弃其停止"剿共"、联合红军抗日的诺言，阴谋把南方八省的红军游击队彻底消灭。1937 年 4 月 27 日，蒋介石任命卫立煌为鄂豫皖边区督办公署督办，指挥机构驻立煌县。下设岳西、经扶、信阳三个督办处，以强化"清剿"的指挥。卫立煌到任后，提出了所谓"剿抚兼施""三分军事七分政治"的方针，强调"军政同时并进"，强调对主力红军、便衣队和地方武装同时并重，进行彻底"清剿"。除抽调正规军、增加保安团以及专门成立"搜剿"我便衣队的特务队、别动队外，还普遍训练壮丁，组建"清剿"大队、"铲共义勇队"、联保队等地方反动武装。驱使其部队进山扎寨，并在已经完成的碉堡封锁线的基础上，进一步在大的山岭和交通要道上广筑碉堡。

到1937年5月底6月初，在皖西北和皖鄂边区，我军经常活动的地区和便衣队的游击根据地，成为敌之重点"清剿"区。大岗岭、鹞落坪、沙村河、小河南、龟峰山、三角山、将军山、仙人台、金岗台等地，碉堡如蛛网。敌人深入山区，并村筑寨，采取步步为营、层层包围、搜山探洞、放火投毒、伪装假冒、软硬兼施、欺骗诱惑、强迫自首等卑劣手段，疯狂"围剿"我皖西北和皖鄂边区的游击根据地，反复"搜剿"我各级党的领导机关、便衣队和游击队，血腥屠杀共产党员、红军战士和革命群众。在这极严重的情况下，各级党组织和便衣队建立的群众基础大部分被摧毁，控制的地区几乎全被敌人占领，一些重要基地如大岗岭、鹞落坪、金岗台等地基本上成为无人区。各级党组织、便衣队和游击队遭受敌人的反复"搜剿"，基本上与上级党组织、友邻地区、人民群众失去联系，处在缺衣少食、各自为战的极端恶劣环境中。曾经做出过重要贡献的中共霍山县六区区委和便衣队被敌人摧垮，绝大多数同志光荣牺牲，革命群众百余人惨遭杀害。大岗岭便衣队陈彩林队长、查副队长，沙村河便衣队的刘方南队长、朱作善队长，以及一部分便衣队队员和革命群众，英勇地献出了生命。

但是，皖西北和皖鄂边区的各级党组织、便衣队、游击队，不屈不挠，浴血奋战。他们依靠人民群众和主力红军，依托熟悉而有利的地形，运用正确的斗争策略，利用与我军有关系的敌方人员进行掩护，利用敌人内部的矛盾和空隙，发扬机智勇敢、孤胆克敌的战斗作风，同敌人进行了坚持不懈的殊死斗争。他们有的在敌人层层包围、日夜"搜剿"的大山中与敌周旋，进行"捉迷藏"式的分散游击活动，靠人民群众、地下党员冒生命危险越过敌人封锁线送来的饭食，靠山上的野菜、野果、树皮，一连坚持了几个月。有的转移到有群众的丘陵地带或平畈地区，白天设法隐蔽，晚上找群众解决吃饭问题。有的躲在群众的夹墙内、地洞中，有的转移到外线隐蔽，伺机打击敌人。如活动在大岗岭和鹞落坪一带的皖鄂特委、潜山战斗营、潜太游击队和便衣队，除留少数同志在原地坚持斗争外，多数转移到外线继续打击敌人。小河南的便衣队将伤员转移到外线分散隐蔽，将军山、仙人台等地的便衣队队员转移到广济平原，从而大大减少了损失。不少地区的党组织和便衣队，利用同我有关系的联保主任、保长、民团，掩护我方人员。商南县委掌握了西河桥、熊家河、桃树岭等地的"两面政权"，将女同志和小孩送到熊家河，有的还住在民团碉堡里。罗田县肖家坳的联保主任、"清剿"大队长都是我们安插的人，将军山的联保主任负责照顾我方的伤员，塔儿畈的联保主任王伯明每天都将敌人的活动情况向我们汇报，还有的联保主任将敌县政府的"清剿"命令给便衣队看，使我们了解敌情变化，从而在敌人的新"清剿"中未受损失。

更重要的是，由于广大人民群众和隐蔽下来的共产党员，冒着生命危险，千方百计与我特委、县委和便衣队取得联系，尽力送粮和传递情报，巧妙地掩护我方人员，甚至牺牲自己或亲人的宝贵生命来保护我便衣队队员和伤病员。有些地区群众把便衣队队员和伤病员藏在未出嫁的姑娘的房子里，以躲避敌人的搜捕。不少青年妇女在敌军盘问她们照顾的我方人员时，毫不犹豫地说"这是我的丈夫"，以此来进行掩护。贫农曾少山在敌人搜山时，孩子惊哭了，为了伤员和便衣队队员的安全，他忍着泪水掐死了自己的孩子。像这样可歌可泣的事迹，充分表现了革命人民坚贞不屈、机智英勇的大无畏精神。人民群众的支持，是取得斗争胜利的根本原因。

敌人的残酷"清剿"扑不灭人民革命的火种。中共皖鄂特委、商南县委及所属的便衣队、游击队仍然存在，与人民群众生死与共，团结一致，继续同敌人进行顽强的斗争，始终保持红旗不倒，保存了党在皖西北和皖鄂边区的革命火种。

在皖西北地区，先是中共皖西北道委所属党组织同敌人做斗争，以后是中共商南县委和中共皖西特委（皖鄂特委）及其所属党组织继续坚持斗争。各级党组织在各个游击根据地形成了坚强的领导核心，并通过党员的先锋模范作用，动员组织群众，建立便衣队、游击队和各种秘密群众组织，从而形成了有党的坚强领导，以党员为骨干，以便衣队、游击队为武装力量的根基深厚的群众队伍，开展了轰轰烈烈的人民游击战争。

皖西特委的斗争[*]

朱国栋

1935 年 2 月，红二十八军在霍山的太阳山及潜山的王庄同国民党第二十五路军打了两仗，并在王庄活捉安徽省财政厅长、前代理省长余谊密后，部队踏着齐小腿深的积雪，于 7 日下午转移到皖西驼岭。军政委高敬亭确认驼岭山区的地势和群众基础都很好，决定在这里建立中共皖西特委，开辟新的游击根据地，组织和领导群众开展敌后斗争。同时成立二四六团，委任徐成基为特委书记兼二四六团政治委员。

中共皖西特委的成立，对发展地方党的组织，领导武装斗争，开辟游击根据地，以及支援红军主力部队，都具有重大的意义。它为鄂豫皖边区三年游击战争做出了卓越的贡献，给皖西革命斗争历史增添了光辉的一页。

驼岭位于皖西舒城、潜山两县接壤的大别山东部，是一

---

[*] 本文原标题为《中共皖西特委的斗争始末》，收录时做了适当修改。

座骆驼形状的奇丽山峰，东南西北连接着十余座气势雄伟、沟壑纵横的高山。在这奇丽的山乡，我们党早就播下了革命火种。在六霍起义的影响下，广大人民曾举行过武装暴动，建立起苏维埃政权。后来遭到国民党反动派的多次"围剿"，革命暂时遇到了挫折。但是劳动人民对党对红军始终怀着深厚的感情，迫切要求推翻反动统治，渴望重新获得自由。

皖西特委一成立，就把根深扎在群众土壤之中，利用这一带的有利地形，依靠群众、发动群众开创敌后游击战争的新局面。

特委成立的当天晚上，红二十八军就离开驼岭，继续向西南行进。留下的特委和二四六团，置身于冰天雪地的茫茫山林，面临艰难险恶的环境，迎接着新的考验。特委书记徐成基富有政治、军事素养，他带领队伍摸索着山间小道，转移到驼岭西南山坡下的村庄，开始筹划特委工作。并抽出十多位同志组成便衣工作队，深入山区发动群众，设法把伤员安置到贫苦农民家里休养治疗；又派二四六团转到外围游击，打击地方反动势力，筹粮筹款。徐成基带领手枪队到马家河，与红二十八军放下的便衣队接上关系，继而向南到了小河南地区，与潜山县中共地下县委取得了联系，并领导他们开展工作。

在特委的领导下，皖西地区的武装力量迅速获得了发展。在此期间，二四六团在马家畈打垮了李维甫民团，又端了他的老巢，缴获了 40 多支枪和其他武器。李维甫是当地一霸，平日骄横跋扈，群众受尽欺凌。摧毁了李维甫民团后，群众革命热情更加高涨。特委因势利导建立了根据地，成立了战斗营，部队也扩大了 2 个连。同时派人配合潜山县委成立了 300 多人的第四路游击师，由付以民任师长，潜山县委书记刘正北任师政委。这个游击师于 1936 年 5 月又缩编为潜山县战斗营，在皖西地区和邻近的蕲春等地开展游击战争，打击国民党的民团、"铲共队"等地方反动武装，牵制敌人部分正规军，保护了特委和便衣队。1935 年 12 月初，太湖县境冶溪河地区便衣队的 13 位同志，被当地反动派和地方反动势力猖狂地围困"搜剿"，处于危难之时，第四路游击师赶到那里，打击了敌人，把便衣队接应出来。特委领导的这支地方武装很活跃，接连取得不少战斗的胜利，为特委工作创造了良好条件。

特委开展工作的基本力量是便衣队。特委陆续发展的 8 支便衣队，配合主力红军，开展敌后斗争，遍及舒城、霍山、岳西、潜山、太湖、蕲春、宿松等几个县的广大山区。每支便衣队都有十几至二十几个人，绝大多数是红二十八军指战员和原在苏区做过地方工作的干部，也有少数是在当地参加工作的党员。便衣队都建立了党支部，属特委领导。便衣队的工作做得很活跃，很有成绩，他们把宣传、发动、组织群众的工作放在首位，在敌人白色恐怖下，他们逐个村庄做工作，扎根在贫苦农民中，团结广大劳动人民，动员群众拥护共产党和红军，掩护便衣队，帮助便衣队开展工作。便衣队陆续在觉悟高的基本群众中发展党员，成立党支部。潜山、宿松等地方党组织恢复较快，而且有很大的发展，游击根据地不断得到发展和巩固。

1935 年初至 1937 年 2 月，特委领导下的皖西地区和与皖西交界的鄂东地区的几个县，革命形势非常好，特别是以大岗岭、鹞落坪为中心，纵横二三百里的几个便衣队和地方党的工作都连成了一片，广大劳动人民以及中、上阶层的进步人士，都发动组织起来了，掩护与支持特委和便衣队的斗争，支援红二十八军作战及送情报、抬担架、安置伤病员，妇女做鞋、缝衣服慰劳红军，那情景就像老苏区一样。一段时间，便衣队和地下党可以半公开活动，伤病员、红军指战员可以着军装公开单独行动。

在大岗岭、鹞落坪、小河南、将军山等地山林里，都设立了红军野战医院，如鹞落坪一座山林医院最多时曾安置了七八十个伤病员。还设有山林小型修械厂，可以修理一般枪支。后来在鹞落坪山里还建立了一个帐篷被服加工厂，专为红二十八军制作军服。缝纫机和布匹大都是打土豪缴获来的，也有便衣队通过关系从城市买来的。特委还不断为部队提供了大量胶底布面力士鞋和雨伞、手电筒、西药等军需物资。所有这些，有力地支持了红二十八军开展游击战争。

在特委的领导下，各支便衣队在分化争取敌人营垒的工作方面，卓有成效。他们对最反动的土豪劣绅、保长、联保

156

主任和民团坚决予以消灭；对那些比较开明的地主、富农、保甲长、联保主任和民团，尽力争取为我们工作或者秘密地支持和帮助我们工作。这些人争取过来后，表面上仍然应付国民党，暗地里帮助共产党，经常掩护特委和便衣队，特别是为掩护红军伤病员创造了较好的条件。伤病员住在这些人的家里或碉堡里休息，既安全又能得到较好的照顾。1935年12月，我在张家塝便衣队时，就经常住在一家姓余的地主兼保长的家里。1936年4月，红二十八军通过舒城县境的沈家桥敌人封锁线的一座碉堡时，被我争取过来的民团队长，因受舒城县派来的一个反动分子监视，只好向空中开枪，敷衍一下，让我军顺利通过。

1935年5月，特委书记徐成基同中共皖西北特委取得联系，互相配合、支援，开展了一个时期的工作。徐成基几次带手枪队化装到合肥附近会见孙仲德，配合皖西北独立游击师打击地方反动势力；孙仲德也两次到舒城山区与徐成基商讨工作，还先后带来了4个连的兵员进行整训和协同作战。后来从这批兵员中调拨了1个连补充红二十八军，其余3个连仍回皖西北地区，在孙仲德领导下战斗。孙仲德要求皖西特委派一名副大队长去帮助他传授军事知识和训练部队，徐成基向高敬亭汇报后，从红八十二师抽调了一名副营长去任副师长，这位副师长后来牺牲了。

1935年5月14日，徐成基通过皖西北特委与党中央做过一次联系，就有关皖西特委和部队的情况向党中央写了一份工作报告。高敬亭于 1935 年 7 月 16 日写给中央的关于鄂豫皖敌我斗争形势和红二十八军的战况的一份报告，也是请皖西北特委转送中央的。后来，因斗争形势起了变化，皖西特委与皖西北特委的联系也就中断了。

为了联合各方面的革命力量，粉碎国民党反动派的"清剿"，1935 年夏季，特委在宿松县境的罗汉尖，争取和帮助一位反蒋爱国人士朱育琪，建立一支接受共产党领导和指挥的游击大队。这支队伍，半年之内就由 30 余人发展到 300 余人，对外号称"大中华抗日救国军"，由朱超云任司令，朱育琪任副司令，陈启元被派去任党的书记。开始时，他们在罗汉尖囤聚粮草，修筑工事，虎瞰长江，阻挡蒋军的进犯。1936 年 2 月间，敌二十五路军一部和保安团以及当地猎户队分三路围攻罗汉尖，妄图消灭这支队伍。"救国军"勇战敌顽，但终因寡不敌众，处境十分危急，朱育琪带领队伍撤出罗汉尖，下山打游击。他烧毁山林的古庙和囤聚的粮食，才带着队伍突围出来，后来撤退到蕲春县境江家村，改称第六路游击师。这支队伍作战很勇敢，不久在一次与敌二十五路军遭遇战斗中受到了损失。

徐成基同志在主持皖西特委工作中，充分发挥了他的聪明才智，表现了极大的革命热情和高度的责任感，使特委的工作取得了很大的成绩。1936 年 3 月，他到湖北麻城县三河口向高敬亭汇报请示工作，由于当时"左"倾错误路线的影响，错误地把徐成基作为"肃反"对象，撤了他的警卫员，缴了他随身带的枪，责令他检查交代问题，徐成基同志受到了极大的冤屈，但并没有动摇革命的信念，他手无寸铁，仍然坚持与敌人做斗争，只身在英山县打死一联保主任和一反动分子，不幸在英山县附近被敌人杀害。徐成基同志是我们的好书记、好政委，他的牺牲使皖西地区的党政军民无不感到悲痛和深深的怀念。

徐成基同志牺牲后，特委工作中断了一段时间。1936年9月由何耀榜同志继任特委书记，皖西特委后改名为皖鄂边区特委。这时，斗争更加残酷了，特委的工作也进入了更加艰难的阶段。

赤城县的斗争*

石裕田

1934 年 11 月，红二十五军离开鄂豫皖做战略转移后，鄂豫皖边区进入游击战争岁月。在艰苦的游击战争中，赤城县委领导人民群众和地方武装，同仇敌忾，坚持斗争。

红二十五军一离开鄂豫皖，国民党反动派就对我苏区大肆进犯和摧残，赤城县委所在地熊家河便成了敌人进攻的主要目标之一。敌重兵将熊家河紧紧包围，熊家河西北边的皮坊、狗迹岭，东北边的铁炉冲、窑汰以及南边的双河、桃树岭等地，驻扎着国民党第五十四师、第十一路军和东北军。根据地受着严重的威胁。

敌人对熊家河根据地实行疯狂的"围剿"，有时大部队，有时一小股，千方百计想扑灭熊家河的革命火种。在县委的领导下，我们采取机动灵活的战术，与敌人做针锋相对

＊ 本文原标题为《忆赤城县委领导的斗争》，收录时做了适当修改。

的斗争。遇到大部队进犯，游击队化整为零，隐蔽在山林里，使敌人抓瞎扑空。如果是小股敌人来骚扰，我们便出其不意，打它个猝不及防。因斗争形势的需要，县委机关从石关迁到了山高林密、地势险峻的孤山。我们在山上设有瞭望哨，敌人的一举一动，都能望得清清楚楚。县委还派出便衣，深入敌占区，侦察敌人的动向。这样，我们的斗争就比较主动了。

有一次，一小股敌人前来骚扰，事先县委得到了情报，便带上一支 20 人的队伍，埋伏在铜人冲背后的山上。敌人是从桃岭方向出来，进入根据地必经之路石关、铜人冲。当敌人先头部队骑在马上，东张西望，不可一世地闯进铜人冲时，游击队发起了攻击。敌人听到枪声、呐喊声，望望两边山上，草木皆兵，摸不清游击队有多少人，惊慌地掉转马头，落荒而逃。游击队除打死打伤一些敌人外，还缴获了两匹马，个个兴高采烈。当敌人后续部队赶到时，游击队已经转移上了孤山。敌人哪里敢入深山老林，只得偃旗息鼓，打马回营。

敌人貌似强大，实质上很虚弱，极怕游击队的袭击，因此敌人经常是大部队行动，甚至集中几方面的兵力同时进攻。为消灭熊家河的革命力量，国民党第五十四师从皮坊、铁炉冲两路进犯，另有卫立煌一部和当地冯国梁的反动民团予以配合，疯狂地向熊家河扑来。县委得悉敌人这个行动后，立刻做了周密的布置，派了两个班的武装，将曹家荒田

161

医院的伤病员以及红军家属统统转移到背阴山上，分别隐蔽在密林和石洞里。县委机关和特务队也全部上到陈家寨、黄毛尖的高山之中。敌人进入根据地时，沿途十室九空，不见人影，渴了没喝的，饿了没吃的，国民党官兵又十分怕死，唯恐受到游击队的袭击，遭灭顶之灾，不敢深入，便赶紧离开了我根据地。

敌人"围剿"熊家河根据地，除了军事行动以外，还搞政治阴谋，通过威逼、引诱，网罗一些人为他们效劳。赤城原有三个区，经过敌人的多次"围剿"，大都残缺不全了，有的乡村已被敌人占领。在占领区，敌人破坏了革命组织，并利用不坚定分子充当奸细潜入根据地刺探情报。县委发觉后，一面深入群众，秘密恢复革命组织，一面开展反敌特的斗争。

记得有一次，天正下着大雪，县委特务队的同志化装外出执行任务，途中，发现白茫茫的山林间，闪动着十来个人影。他们警觉地走向山林，一看，是一伙手拿柴刀、肩扛扁担的"樵夫"，一盘问，这伙人前言不搭后语，破绽百出，当即送往县委审问。原来这伙人是敌人派遣的侦探，潜入根据地刺探赤城县委机关的情况、游击队活动和红军医院的地址。对于这伙敌人，县委给予了坚决的打击。

赤城县委领导的群众武装，在对敌斗争中不断地获得发展和壮大，不仅牵制了敌人的力量，减轻主力部队的压力，而且将几批兵员输送到主力红军队伍里去，为主力红军增添了力量。

1935 年 3 月的一天，高敬亭带领红二十八军部分同志来到皖西，在鸡冠石附近与敌二十五路军发生了一场激烈的战斗。鸡冠石是熊家河的屏障，地势险要，易守不易攻。时令初春，山上冰雪融化，道路险阻，高敬亭政委利用天时、地利，率部占领鸡冠石制高点，居高临下，打退敌人的多次进攻，使敌人的尸体堆满鸡冠石的沟沟洼洼，取得了以少胜多、以弱胜强的胜利。

在孤山，高敬亭认真地听取了我们赤城县委关于熊家河地区斗争的汇报，并给我们讲了当前的形势。当我们知道新的红二十八军已经建立，担负起保卫鄂豫皖根据地的重任，顿时增添了坚持斗争的决心和必胜的信念。

第二天，敌人从双河方向再次发动攻击，高敬亭决定向外线转移。乘着朦胧夜色，我们上了金岗台，于第二天晚上到达彭家畈。为了行动隐蔽，一路上我们尽走陡岩峭壁，深山老林，人迹不到的地方。一天一夜间，我们仅在汤家汇歇息时，用一点干粮熬米汤，一人喝了半碗。接着部队不顾饥饿、疲劳，又乘着浓浓的夜色，绕过水口庙敌人的封锁线，进入八道河。

在八道河，我将率领的第二路游击师和部分伤愈归队的战士，交给了高敬亭同志。赤城县委领导的群众武装，曾一批一批转入正规红军部队，为壮大红军主力做出了贡献。眼前，根据斗争形势的需要，主力部队急需补充兵员，赤城县又毫不犹豫地把这一部分武装交了出去。高敬亭嘱咐我回熊家河要更好地坚持斗争，便率部队越过西界岭，向潜山方向走去。

1935 年的春末，红二十八军离开皖西后，敌人新的"清剿"又开始了。根据地的地盘越来越小，我们坚持熊家河地区的斗争更加艰难。在这一时期，我们为了避免同敌人"清剿"部队接触，县委带领特务队终日在山沟里钻来钻去，衣食住行都发生了极大困难。后来干脆贴崖壁蹲石洞，暂且栖身。粮食已无来源，油盐更是断绝。同志们将煤油箱锯开做锅，两头拴上铁丝，吊在树干上，底下架起柴火煮野菜，靠野生植物充饥，维持生命。是年初夏，赤城县委召开会议，针对熊家河地区的形势，做了认真的分析。由于敌人的包围圈不断紧缩，根据地日益缩小，坚持斗争越来越困难，而且十分危险。因此决定由我（当时任县委书记）和秘书林英华，二区前苏维埃主席叶胡子，带领县委机关部分同志和商北大队武装 160 余人，转移到外线寻找红军主力。一区区委书记卢化宏，二区苏维埃主席张泽礼，县委妇女部部长王明卿留下，由张泽礼负责，继续领导坚持当地斗争。这样，我率领队伍离开了熊家河，开始向潜（山）太（湖）边境转移。

我们是按照几个月前护送高敬亭出苏区的路线而行动的。这天傍晚，我们的先遣队一个排刚一出发，就在杨山西边遭到了东北军的袭击，一位姓韩的指导员和县委的通信员不幸牺牲了。

天黑以后，我们为了不惊动敌人，将队伍拉得很稀、很长，沿着山沟行走，当队伍完全通过封锁线，上到金岗台时，天已经大亮了。这时的金岗台，被敌人糟蹋得不像样子。上次经过这里，还能见到一些人家，如今山上山下荒无人烟，到处死气沉沉。我们在山头上放下岗哨，就隐蔽在山林中休息，待天黑后，我们经笔架山来到了竹畈。同志们一天粒米未进，想搞点吃的东西，可是进了竹畈，见不到人影。群众为了躲避敌人都跑到山上去了，直等到深夜，才有个别人回到村里，好不容易找到了我的一位亲戚，请他帮忙买了一点小麦。队伍又不敢就地煮饭，连夜赶到八道河，在八道河的山上，一人才吃到半茶缸麦仁饭。

西界岭已经横在面前了。几个月前，高敬亭和我们赤城县委就在这里分手的。那时道路畅通，行动无阻。可是眼前却耸立着敌人的碉堡，设下了封锁线，驻有敌十一路军的一个连和一伙民团团丁。敌人的封锁线上火力很猛，人也多，如果我们强行通过，必定会有伤亡，甚至损失惨重。这些同志都是久经磨炼的战士，革命的财富，万一有个好歹，怎么办？可是不从西界岭通过，无别的道路可走，找不到主力红军，完不成任务，又怎么向党交代？后来，同志们一起商量，终于找到了办法：在我们这支队伍里有十来个号兵（他们都是先后负伤从部队下来的），将他们集中起来，一齐吹响冲锋号，迷惑敌人，队伍就在号声中冲过封锁线。

这个办法果然灵。当冲锋号在空旷的山野间一齐回响时，伴随着阵阵"红军来了！缴枪不杀！"的喊杀声，同志们勇敢地向封锁线冲去。敌人摸不清虚实，更被这惊天动地的号声和喊声吓坏了，一个个拔腿就跑。炮楼上的敌人也慌忙撂下机枪，跑得没影了。我们安安全全地过了封锁线，无一伤亡。同志们还抱来一捆捆柴火，点火烧了炮楼，毁了封锁线。

经过五天的转战，我们终于到了潜太边境，一边游击，一边侦察，但总是找不到红二十八军的踪影。这天正在山上休息，突然被敌人发现，遭到了袭击，我们的队伍被冲散了。晚上集中后，发现有两位同志在战斗中牺牲了。正是这次战斗，使我们同小河南地下党组织取得了联系。当他们听到战斗的枪声后，知道山上有自己的队伍，很快就派人与我们联系上了，并告诉我们关于红二十八军外出游击的消息。小河南是红二十八军新辟的游击根据地，群众基础好，能得到群众支持。同时，队伍本身也需要休整，搞点补充，于是，我们决定就地开展活动。

我们在潜太边境虽然时间很短，但取得了一定的成绩。太湖那里有个民团头子，很反动，我们端了他的老巢，缴了两支步枪、几箱子弹（一人可发 15 颗），还有粮食、布匹和其他食物，这下可解决了很大的问题。队伍经过休息补充，显得焕然一新。同志们理发、洗澡、裁剪衣服，忙得很欢。清澈的山泉洗去了身上的烟尘，丰盛的饭菜填满了腹内的饥肠，战士们脸色红润，精神十分饱满。

7 月的一天，我们得到确实消息，高敬亭率红二十八军从桐柏山区打回来了。不久，我们在店前河见到了高敬亭同志。

他听了关于赤城县委领导的斗争情况后，说："你们就留在红二十八军，张泽礼同志那里，我们再设法取得联系。"

从此，我们从赤城带出来的这支队伍，被编入红军正规部队，投入新的斗争。赤城县委领导的斗争仍继续着。不久，张泽礼同志率部队上了金岗台，在那里一直坚持到三年游击战争胜利结束。

三年游击战争时期的熊家河

张国安

熊家河，地处大别山北麓，原属固始县南境边缘，毗邻霍邱、商城、立煌等县。南有陈家寨、鸡冠石、孤山、黄眉尖、悬剑山，北有朝阳山、螺丝群、仰天凹、神仙大拐弯等高山峻岭，林木苍翠，绿竹成荫。

以熊家河为中心的赤城县革命根据地南北70余里，东西40余里，行政上分一区、二区、三区。北到今铁冲乡的花园，南至三合乡的金院子，东临今梅山镇的青峰岭码头——杨家滩，西迄今黄龙乡的皮坊。驻在这里的赤城县委、赤城县苏维埃政府、保卫局及特务队（警卫队）有六七十人，第二路游击师有200余人，商北游击大队70余人，三个区的区委、区苏维埃也各有自己的武装，共同配合以冈家山、南溪、胭脂、麦园、大埠口为中心的赤南县革命根据地，开展对敌斗争，保卫苏区人民，保卫红色土地。

早在1932年冬，第四次反"围剿"失败后，中共赤城县委、县苏维埃就迁驻在熊家河一带。中共皖西北道委、道苏维埃以及红二十八军也经常地以熊家河为根据地，向北发展游击战争，打击霍、固以南和商北一带的地主圩寨，袭扰和阻击敢于来犯的敌军。1934 年秋，在鄂东北活动的红二十五军向皖西转移，也曾在熊家河驻扎、补充、休整。这年10 月，从熊家河派出了红八十二师，去潜山、太湖试探游击，开辟新的敌后游击根据地，并取得了一定的成果。

1935 年和 1936 年，国民党军队窜占赤城苏区，并在杨桃岭、熊家河、西楼、石关、全军、赵家湾、皮坊、谢家畈等险要山口和交通要道修建了一座座炮楼，实行碉堡政策，妄图封锁交通，隔断我党我军和人民群众以及根据地之间的联系，以遂其划区"清剿"的阴谋。赤城县委紧紧依靠人民群众，利用有利的山区复杂地形，在敌人严密的封锁线内，打击顽固首恶分子，保护革命群众和扩大革命影响。最后，彻底摧毁了赤城、赤南根据地内敌人修筑的炮楼，发展了便衣队工作，扩大了根据地，并源源不断地为红军主力输送兵员，供给粮食、弹药，发展并开创了皖西地区游击战争的新局面。

1935 年 1 月，熊家河一带虽然仍是皖西根据地的巩固区域，但形势紧张，国民党军队的焚杀掠夺，已使村落残破，房屋稀少，田园荒芜。革命工作人员、红军和群众的粮食供给极度困难，几乎完全依靠在红军带领下发动群众去霍邱南部、白塔畈、六安西南一带打粮，以维持供给。1 月下旬，少共鄂东北道委书记方永乐和独立团政委徐成基、团长陈守信等同志率独立团至抱儿山与皖西北道委高敬亭书记会合。方永乐传达了鄂豫皖省委率红二十五军西去时给高的指示。2月3日，高敬亭、方永乐率部至太湖凉亭坳召开干部会议，整编部队，重建红二十八军。

3月，惊蛰过后，大别山的平畈丘陵地区，已是树木苍翠，春意正浓的时候，而熊家河两岸的高山地区，杨柳才刚刚绽芽，室内取暖的火塘里还不能熄火。3月22日，高山上突降一场小雪。高敬亭率二营游击已回熊家河，适国民党二十五路军独五旅六一三团、六一五团自悬剑山和皮坊向赤城根据地进攻。红军首先占领了险要制高点鸡冠石。敌独五旅邀功心切，在该旅旅长郑廷珍的命令下，组编了所谓"奋勇队"，踏雪爬山，向红军阵地猛攻。我军同敌肉搏数次，激战竟日，毙伤独五旅官兵300余人，"奋勇队"队长杨东孝等人被击毙。当晚，红军转移至陈家寨，次日复回熊家河，奔赴汤家汇以北，经彭家畈与赤城县委书记石裕田领导的赤城县地方武装以及重新组建的第二路游击师会合，绕道回到全军庙。

红军撤出鸡冠石战斗后，独五旅开始打扫战场，被击毙的尸体狼藉一片，受伤者喊爹叫娘。国民党将鸡冠石下的一块毛竹园内的毛竹砍伐做担架，几乎被砍光了。这一伙被打得头破血流的独五旅残兵败将不敢在熊家河过夜，当天就逃离熊家河。

3 月 24 日，恼羞成怒的二十五路军独五旅，又分别向熊家河中心扑来，企图寻找红军主力决战。他们一村一村、一山一山地搜索前进，多路合围。驻在孤山的我后方医院及后勤单位被包围。在紧急情况下，红军后勤工作同志及医护人员敏捷地把重伤员背到松林里和草丛中隐藏起来，轻伤员拿起武器，奋勇抵抗，激战三四个小时，终因兵力悬殊，红军伤病员、医护人员以及后勤工作同志，一部分被俘，一部分英勇牺牲。这一天，高敬亭率红二十八军一个营和第二路游击师一部刚至全军庙附近，得悉熊家河孤山一带被围，为了减少熊家河根据地的损失，部队立即袭击独五旅后续部队，把独五旅"调出"了熊家河。独五旅于 3 月 25 日中午向全军庙迎水寺一带扑来。我军已达到了战略目的，无心恋战，与敌接触 1 小时左右，即分头撤离战场。红二十八军二营和第二路游击师随高敬亭东去霍山，在霍山以东与方永乐同志会合，部队整编，将赤城地方武装第二路游击师编为八十二师二四四团第三营。

1934 年春末，赤城县委考虑到保卫革命政权、保卫根据地、保卫人民群众的重要性、迫切性，从赤城县苏维埃所属的地方武装、保卫局的武装以及后方工作人员中抽调人员编成一个游击大队，亦称为商北游击大队，简称商北大队。大队长余海宽，副大队长李占彪。石裕田任赤城县委书记兼商北大队政委。不久，余海宽在战斗中负伤，李占彪接任大队长。

1935 年初，商北游击大队仍在赤城二区窑沟一带活动，任务是坚持商北和固始以南的游击战争。商北游击大队经过多次战斗的洗礼，逐渐强大，由初建时的四个分队（排），发展到四个中队（连）。当时，红二十八军自霍邱、固始边界游击，经过赤城二区窑沟时，将商北游击大队一部分编入红二十八军。

1935 年 5 月，红二十八军西进豫南桐柏山，当时，赤城县委并不知此事。在这一地区的国民党军队便把商北游击大队列为主要"清剿"对象，反复地发动进攻，一日数次，日益猖獗。赤城县委面对这一严峻的形势，认为长期固守一地不是上策，且有被敌人吃掉的危险，为了保存革命力量，应该打出去，打到外线去，在更大的范围内与敌人周旋，伺机歼灭小股敌军和地方反动势力，遂决定：商北游击大队对外改称第二路游击师，由石裕田同志率领去潜山、太湖等地游击；张泽礼、卢化宏等同志留在熊家河坚持领导革命斗争。

商北游击大队连同赤城县委机关的部分同志共 160 余人，于 5 月下旬自赤城窑沟附近出发，奔上了金岗台，继而越过丁家埠、七邻湾之间的界岭，经汪家大湾向后畈、前畈一带游击，屡有战斗。6 月 10 日，在后畈黄石河东边的观音崖，第二路游击师以逸待劳，痛打了国民党二十五路军九十五旅一八九团的一个营以后，开始向潜山方向游击。7 月初在五河会见了刚从平汉铁路西回来的红二十八军和高敬亭政委。在熊家河小南涧诞生、在游击战争中成长的商北游击大队（外称第二十八路游击师）100余人编入了红二十八军八十二师。

三年游击战争时期，熊家河革命根据地是国民党重点"清剿"的地区。敌二十五路军、十一路军和张学良的一个师像走马灯似的，转过来，走过去，如同梳头发似的搜山"清剿"，几乎每月都有几次。革命干部和群众经历过痛苦的血的洗礼之后，进一步总结经验教训：头可断，血可流，党的红旗和革命的真理不能丢，共产党员、革命干部、战士要生存下去，只有依靠群众，领导群众，与群众一起同敌人做斗争。为了适应对敌斗争的特殊环境，一些同志要脱军服，换便衣，组成便衣武装工作队，像水乳一样融合在群众之中，同国民党反动派进行斗争。

便衣队工作的开展，密切地配合了主力红军，起到了保卫和巩固革命政权的作用，成为鄂豫皖根据地革命斗争的第二支重要力量。当时，赤城县委领导有数支便衣队。坚持熊家河地区的杜立保便衣队尤为出色。

杜立保便衣队，主要活动在熊家河、悬剑山、大合冲、金院子等地。便衣队的任务，归纳起来，大体上有以下几个方面：宣传革命形势，鼓舞群众斗志，树立胜利信心，依靠群众专政，镇压最顽固的反动分子，扩大革命影响；照顾烈士家属、红军家属和基本群众；筹集粮款、医药和其他军需物资供给红军；组织群众开展斗争，发展秘密的便衣武装，搜集敌军动态，报告红军；组织基本群众参加革命斗争，为红军输送兵员，为红军主力带路，配合军事行动。平时分散做群众工作，需要攻打较大的据点时，就集中几个便衣队，统一指挥，联合行动，取得战斗胜利后，又立即转移分散活动。

1937 年 9 月，活动在金家寨境地的赤城、赤南革命武装，根据高敬亭的指示，由张泽礼书记率领去黄安七里坪整编。同时，秘密留下了赤城二区区委书记杜立保和他领导的熊家河便衣队，以防万一，意在保留革命种子。1938 年 3 月，杜立保便衣队近 30 人编入了新四军四支队。

赤城县委在领导人民对敌斗争中，除了军事方面的胜利外，在实际斗争中还执行了打击首恶、区别对待等统一战线政策，团结和调动更多的人，孤立和打击那些坚决与人民为敌的反动分子的斗争策略。

1935 年初的时候，赤城特务队去固始南乡段集一带游击，发动群众，打击地方顽固势力。特务队在段集抓了两个财主，带回熊家河，勒令其捐献西药、布匹、电池等物资给红军，如不及时办妥，将给予惩办。这两个财主赶忙写信告知家人和亲戚，设法如数送来了。赤城特务队注意革命威信，没有杀害他们俩，并再次向其宣传革命政策，打了物资收条，放其返回段集。12 月，张泽礼率赤城特务队正在南小涧、陈家寨一带活动，群众多次反映金岗台高冲民团作恶多端，匪首"余剥皮"罪行严重，并有经皂靴河窜犯铁炉寺的趋势。经过一番商议，特务队奇袭了这股民团，打死了"余剥皮"。

熊家河石关附近有户地主，其子在外地一所大学读书，读过一些进步书刊，同情共产主义革命。假期还乡时，和苏维埃拉关系，与熊家河便衣队有来往，赤城县委对他区别对待，允许便衣队的同志与其交往，并表示对他的家庭不以土豪对待，但要其尽力保护革命同志，对便衣队同志的工作给予方便。一次，敌军"清剿"，他家就及时捎来了口信，情况最紧张时，熊家河便衣队也曾隐蔽在他家后院的暗室里，未受损失。

桃树岭，距我赤城根据地金院子不远，地近金家寨，国民党军队来来往往常从这里经过，如能在桃树岭找个"关系"，对巩固和保卫赤城根据地中心区熊家河是有利的。经过了解，桃树岭有一位叫张传彬的保长，作恶不多，被定为争取"关系"的对象。县特务队拿出几块银圆，找了张保长的一位贫农亲戚，由他出面，把这位保长请到家里吃酒。几杯过后，特务队手持短枪，突然出现在酒席筵前，对保长说："依你的罪恶，可以立即处你死刑；如果能为革命政权做些工作，送点消息，筹些经费，当然可以手下留情，还可以做个朋友！"张传彬保长一一答应了，以后真的为革命政权办了一些事情。便衣队还曾打入过张保长叔叔张立堂的民团里，部分地控制了该民团的武装。1937年9月，国民党反动军队要向赤城根据地发动一次为期三个月的秘密"清剿"。张传彬把国民党军队的动态告诉了赤城县委，县委及时做了反"清剿"的准备。当时，有几位行动不方便的同志曾被秘密地送到他家里，由其妥善保护。三个月过去了，由于我们多方面依靠群众，注意政策，经常得到群众的帮助保护，致使敌人的这次"清剿"在赤城地区以毫无所得而告终。

对于与人民为敌的反动分子，则坚决给予打击。向敌人送情报、告密者，查明情况后，则严厉镇压，并宣布罪状，震慑敌人。

就是依靠这些策略，熊家河根据地在极端艰苦的条件下，始终保持着一支革命武装，为鄂豫皖边区三年游击战争做出了重大贡献。

巍巍金岗台

李春华

在安徽省金寨县的西北部，有一座高入云端，巍峨险峻，满是奇峰怪石的石磨形大山，它就是六月炎天穿棉袄、十冬腊月冻死鸡的金岗台。1934 年秋红二十五军长征后，在这人迹罕至、野兽群居的大山上，留下来的革命火种，面对饥饿寒冷、流血牺牲的严重威胁，坚持着艰苦的斗争，涌现出了无数可歌可泣的动人事迹，留下了"金岗台红旗不倒"的佳话。

1935 年夏，正当日寇从东北调动大批侵略军入关，中华民族面临严重灾难的紧急关头，蒋介石置国家安危于不顾，集结了十多万军队和地方民团等反动武装向鄂豫皖苏区疯狂进攻。面对强大敌人的围追堵截，我根据地军民反"围剿"的斗争十分艰巨。为了保存革命力量，坚持和敌人斗争，中共皖西北道委决定将红军留下的部分伤病员和赤城县委机关人员转移到金岗台。当时，我在县特务队当班长。特务队在县委书记张泽礼同志带领下也一起从熊家河向金岗台转移。

　　熊家河到金岗台只有 90 里路，我们却走了好几个昼夜。敌人封锁追击，我们只能绕山穿林，晓宿夜行，遇上敌人，就边打边走。一天，我们来到了陈家寨，在山沟里做饭吃。饭后，我和易少青同志准备到山头上探望周围的动静，忽然发现敌人从正面冲下来。原来，国民党军和地方反动民团发现炊烟，已偷偷将我们四面包围了。回去报告已来不及了，于是，我们大声喊叫，通知同志们转移。这时，另一路敌人已经冲到我们饭场附近。敌我短兵相接，展开了搏斗。敌众我寡，同志们边打边撤，敌人见山上有人，还以为有不少红军，就将陈家寨层层包围起来。我们两冲不出去，被隔在山上，就牵着敌人满山转。不久，我们俩到了花园附近的山上。这里离金岗台不远了，我们决定去找县委和特务队，碰巧碰到一位挖葛藤的老人。老人看到我们衣衫褴褛，浑身浮肿，知道我们是红军，马上从怀里掏出了几个玉米饼送给我们俩吃，又介绍了附近的敌人情况，当晚带领我们通过几道封锁线，来到姚沟，找到了县委和特务队。

　　上山第二天，大家集合在铁瓦寺前开会。县委书记张泽礼给大家做了报告。他讲了坚持金岗台斗争的意义和艰巨任务，讲了开展游击战的许多办法。最后他说："要坚持金岗台当然是有困难的，不说山下敌人'围剿'、搜查，就是饥饿、寒冷也会给我们带来很多困难。但我们是钢铁般的红军战士，是难不倒拖不垮的，只要我们坚决跟党走，设法和山下的红军家属取得联系，团结周围受苦受难的阶级兄妹一道奋斗，我们就能在这里竖起一根革命大旗杆，使革命的红旗在金岗台上高高飘扬。"县委书记的报告鼓舞了大家坚持斗争的信心。

当天，我们就建立了组织，进行了分工。在县委统一领导下，将80多人分别组成了第一、第二便衣队，化装成药农、樵夫，在金岗台周围联系群众，侦察敌情，打民团，除豪绅，筹粮饷，搞武器，配合红二十八军和山下游击队作战。女同志和伤病员负责搞后勤，办起了小医院和被服厂。从此，我们在金岗台上和敌人展开了艰苦曲折的斗争。

金岗台一带人烟稀少，又加上敌人封锁严密，我们与群众联系十分困难。到了七八月间，由于敌人层层封锁，山下群众有粮也送不上来，我们又断粮了。县委领导经常为吃饭发愁，总想弄点粮食给伤病员吃，让他们早日恢复健康。一天，张书记对我说："老李，我们吃野菜能过，伤病员可受不了。你在这一带当过苏维埃主席，人亲路熟，能不能下山去想点办法……"没等他说完，我就表示下山去完成这个任务。当晚，我借着微弱的星光摸下山去，可找了一夜也没找到一个人。第二天，我就在山上转，心想只要能找到人就有办法。果然在一个山边上碰到一个挖药的老大爷。经他介绍，我就去找对面山上的一户姓陈的军属。我白天看准了方向，晚上摸上门去，可一夜摸去三次都未看到人。于是我躲在附近的刺丛里窥视一天，傍晚才看到一个老大娘东张西望地走进屋，我立即轻轻地敲门进去。开始她怀疑我是国民党军的探子，不敢搭腔，经我反复解释，她才说："啊，你就是八乡的李主席？怎么变成这个样子？"她听说山上缺粮，马上从草堆里拖出一口袋粮食交给我，并答应明天继续想办法给我们买粮。我十分感激地扛着粮食上山，临走将带来买粮的光洋交给了她，并约定好以后送粮交粮的地点。从这以后，陈大娘成了我们的秘密交通员。她不顾生死地给我们买粮、买盐、送信。像陈大娘这样的秘密交通员、联络员，在金岗台周围的群众和地方便衣队中还有很多。我们就是从他们那里得到粮食、食盐和敌人的情报。在连续三年的艰苦岁月里，我们缺米、缺盐的消息一经群众知道，他们就冒着生命危险，千方百计予以解决。

进入冬季，山上的野菜、野果吃光了。敌人搞移民并村，实行焦土政策，周围群众被杀了很多，未杀的被赶到老远的畈上大村里，受到敌人的严密监视。敌人妄想采取这些法西斯暴行来困死我们。我们和群众暂时隔绝了，行动也更加困难了，坚持金岗台斗争开始进入最艰苦的时期。这时，三五天不吃一点东西是常事，同志们由于饥寒交迫，有的浑身浮肿，脸胖腿粗，有的伤病员被夺去了生命。在最紧张、最关键的时刻，县委号召大家群策群力，出主意、想办法渡过难关。

中队的老冯同志是个胆大心细、智勇双全、办事麻利的人。他看到同志们忍饥受饿，常常急得睡不着觉。一次，他主动请求下山搞粮。黑夜途中，他看到一个联保主任家屋里有亮，凑近窗沿下一听，里面好像有人在开会。他顿时计上心来，腰挂手枪，佯装国民党军的连长，破门而入，冲着联保主任说："昨天叫你们办的事办好了吗？"联保主任连忙弯腰打躬地说："啊！是长官，什么事？请吩咐。"老冯不耐烦地将催粮事说了一遍，并厉声斥道："你胆敢违抗军令！"旁边的几个保长慌忙求情说："请长官息怒，我们正在商议派夫到商城那边运粮的事，您请坐，搞饭吃。""运粮要紧。你们都下去给我抓人，明天中午粮食要运到。"说罢，他叫一个保长做向导，朝敌军营房走去。快到营房了，他对这个保长说："行了，你回去抓夫运粮，明天粮食先送给我们营，就在这里交，不然小心你的脑袋。"保长唯唯诺诺点头离去。老冯同志转身飞步上山，我们连夜做了准备，在敌人必经的挥旗山下埋伏等待。

第二天，果然有运粮队从商城方向而来，前后都有敌军押送。我们枪一响，敌人措手不及，慌忙从两头逃命。敌人运的大米、麦面和副食品，顷刻成了我们的缴获物，扛不了的给送粮的民夫挑走。就这样，我们依靠自己的力量和人民群众的支援，胜利地度过了1935年的寒冬。

到了春夏天，山上一片青绿，野菜野果出来了，有了吃的，有了更好的隐蔽场所，我们的便衣队就更加活跃了。

敌人为了封锁我们，在山外封锁了所有进山的道路，以为可以困死我们。后来看不行，就开始搜山。敌人胆小怕事，山路不熟，又有险岩陡壁阻隔，上山后必然要分股活动。我们利用自己山熟路熟爬山快等优势，采取避强就弱，声东击西的办法，"调动"敌人满山跑，和敌人兜圈子，疲敌，拖敌，瞅上空子就揍它一下。还把地雷、手榴弹埋在敌人回去的路上；用山里人打野兽的办法，把神仙枪设在敌人必经的路口处，杀伤敌人。有时遇到敌人多，躲避不及，我们就钻山洞。有一次，一个战士的子弹打光了，遭到敌人追击，他转身钻进山洞，藏在洞口边的石缝里。敌人追到洞口不敢进洞，其中一个伸头向洞里探望，这个战士顺手摸一根栎树棒打得这个家伙脑浆涂地，并得了一支枪，于是立即向外开枪射击。洞外的敌人以为洞里人多火力猛，就夹着尾巴逃跑了。

经过长期和敌人打交道，我们摸透了敌人的活动规律。敌人天见亮开始上山搜查，黄昏时下山宿营，不敢把人留在山上过夜，怕我们夜里搞他。于是我们就采取了新的对策：白天在山上与敌周旋，夜晚避过敌人封锁线，下山活动，乘隙打他一下。敌人摸不到头脑，还以为我们是红军主力打回来了呢。敌人心虚，白天黑夜满山乱打枪，瞎咋呼，给自己壮胆，也闹得我们睡不好觉，一夜挪动好多地方。记得有一夜我就挪动了24处睡铺。我们就是这样，白天牵着敌人转大山，晚上四处袭扰。敌人经常几万人上山搜查，看得见我们，却打不到我们，被我们拖得筋疲力尽，晕头转向，久而久之，敌人泄气了，开始时的那股疯狂劲也渐渐地消下去了。而我们的同志却被锻炼成了打不倒、拖不垮的钢铁战士。

由于红军主力撤走，敌强我弱的状况始终未能改变。因此，在战略上，我们是以坚持、固守为主，避免同敌人硬拼、打大仗；但是为了保存革命力量，不被敌人困死，我们也时常主动出击，下山穿插迂回敌后，灵活机动地打击敌人，扰乱敌人视线，减轻山上的压力。在战术上，我们坚持红二十八军提出的"三打三不打"原则（打弱敌，打小股分散之敌，打对我生存和主力部队活动有直接威胁之敌；无准备不打，地形不利不打，吃亏不打）。我们便衣队从上山到第二年春天的半年时间，就消灭了民团300多人和部分国民党军队官兵，并从敌人手里夺得了许多粮食和枪支弹药。

1936年5月间，红二十八军来信说，他们在皖西打了一仗，部队有些伤亡，要打回来补充兵员和送伤员上山治疗。大家一听主力部队要回来都非常高兴。但主力一来，敌人大部队肯定会跟在后面追，山下敌人也会乘机活动。县委分析这一情况后决定：便衣一队从狗迹岭一带出击，二队出击东面熊家河一带，我负责带人去打汤家汇"余剥皮"的民团，我们一起行动，把敌人引走，接应红二十八军上山。在一个夜色昏暗雷雨交加的晚上，我们通过敌人封锁线，向民团驻地吹起了冲锋号，喊叫冲杀，枪弹、手榴弹一齐打向碉堡。

敌人阵脚大乱，疑是红军主力向他们进攻，龟缩在堡里乱打枪壮胆，不敢出来。我们大闹一阵后，当即撤走了，敌人跟在我们屁股后面就追。我们走走打打，吸引敌人追赶，把敌人一直拖到麻城龟山后，甩掉敌人，我们又回到了金岗台。这时狗迹岭、熊家河方向的敌人碉堡封锁线被我军打开了一个缺口，在敌人一片混乱中，我红二十八军主力胜利地完成了预定任务。

1936 年冬天，北风呼号，树叶枯落，又一个艰苦的严寒季节到来了。我们吃的盖的都成了问题。敌人除了照常几万人搜山外，又施展了新的毒计：在金岗台的周围大修碉堡，每半里路一个。国民党部队不敢住，就叫地方民团住在碉堡里，监视我们的行动。县委认为，这些碉堡对我们的活动十分不利，要想办法把它除掉，除不掉也要抓过来为我们所用。

这时已是寒冬，大雪纷飞。敌人一连几天未搜山了，在山下到处杀猪宰羊，抓鸡抢鸭，准备过年。当地一个姓陈的大地主为了讨好王胖子民团，送了三头猪和几百斤麦面等礼物到他的碉堡里。得到这个消息后，县委决定：搞掉敌人碉堡，先从王胖子开刀。并叫张学武同志带领我们 10 个身体壮实的队员来执行这个任务。我们每个人都用白被单子把身子裹起来，连头上也包上一块白布，各带一支枪和三颗手榴弹，当晚踏着膝盖深的大雪出发了。下山后，我借着雪光朝王胖子民团碉堡摸去。走了顿把饭的时候，我回头看看少了一个人，急忙叫张学武停下。经过点名，原来是走在后面的王小虎掉到雪坑里去了。我们连忙把他拉了上来。快到碉堡了，张学武叫赵大个子带着大家在路边雪地里稍等，我和他两人先去摸敌人岗哨。我们俩轻手轻脚，连出气都不敢用力，一步一步地向碉堡爬去。到了门口，我们俩同时猛地站起来，冲向两个哨兵，双手卡住他们的脖子。当两个家伙刚要发出喊声时，我们的包头布早已蒙住了他们的嘴和眼。我们俩一人绑一个，把两个哨兵拖到离碉堡不远的山边上。蒙脸布从他们脸上揭下后，对着他们的是黑洞洞枪口。两个家伙"扑通"跪在雪地上，连吓带冻，浑身发抖，两手抱着头，上下门牙直打架，不敢看我们，嘴里结结巴巴地哀求着："红军老爷饶命！"同志们见他们俩这种狼狈相都想笑。张学武厉声问道："快说，王胖子在哪里？不然就把你们搁这里解决了。"

"在，在碉堡里。求老爷饶命！"

"说实话！"

"一点不假，他正在里头睡觉。从大门进去，向左转个弯就是他的房屋。"

张学武安排两个同志看住俘虏，又带领我们几人顺原路去捉王胖子。进了碉堡，顺着猪哼似的鼾声摸去，果然，王胖子正在熟睡呢。我们用布塞住他的嘴，从梦里把他拖起来，押着三个俘虏上了山。张书记对王胖子说："今晚这大雪，叫你们来太劳驾了。不过，你们不用害怕，我们是有事才来找你们的，限你明天先给我们送些吃的来。"张书记还向他交代了红军的政策，晓以利害。"只要饶命，一切照办。"王胖子战战兢兢地答应着，然后，我们暂时扣下王胖子，放回那两个哨兵。

第二天中午，成批成批的大米、麦面、猪肉等送上山来，张书记又开导了王胖子一番，并警告他说："以后不准和红军、游击队作对，不准带白军搜山，我们有事找你不得刁难，否则把你那个碉堡连锅端。"三胖子连声回答："不敢，不敢，一切听红军老爷的。"这个碉堡里的民团，后来背着国民党军为我们做了不少好事。国民党军来搜山，他们缩在后面，枪往天上打；看到我们的人从东边走了，却告诉国民党军在西边，成了我们活动的掩护者。

这一年，我们也过了一个丰盛年。有粮，有肉，年三十晚上还搞了四个热锅子，给伤病员下了面，80多人在铁瓦寺聚餐，开晚会，大家兴高采烈地唱呀，跳呀，女同志唱得最响，跳得最欢。她们演唱了《送郎参军》和《十二月对花》歌。当时唱的歌有一首是苏区最流行的《工农革命歌》，歌词是：

团结起来去奋斗，

不为他人做马牛，

工友农友受痛苦，可知否？

一天到晚血汗流；

被压迫，真难受，

再不革命怎出头？

努力齐努力，奋斗齐奋斗，

反动阶级帝国主义都不留！

　　1937 年春天，敌人的"搜剿"活动又一次疯狂起来，我们活动更困难了。为了减少山上的目标，开展敌后活动，县委决定将一部分伤好的同志组成一个班，由我带领上前线。临走的前夜，忽然一阵枪声，把我从梦中惊醒，我抓着枪就往外跑。敌人上山了，值勤的同志已经和敌人打了起来。我将一班人安排在居高临下的有利地形上，狠狠打击敌人。战斗中，我负了伤，腰胯骨被打了个对穿。我把工作交给了副班长。不一会儿，张书记派了两个战士把我抬到密林中隐藏养伤。

　　不久，红二十八军和国民党鄂豫皖当局达成停战协议，我们坚持金岗台游击战争的便衣队和地方武装遵照红二十八军的指示，离开金岗台，开赴黄安七里坪集中。艰苦的三年游击战争胜利结束。

　　坚持金岗台的三年，是艰苦战斗的三年。我们几乎每天都要和敌人打交道，每天都要跑山路。没穿过棉衣，没睡过整夜觉；打赤脚，穿草鞋；吃野菜，咽稻糠，革命意志不消沉。经过三年艰苦环境的锻炼，同志们的革命胆略更壮了，无产阶级的觉悟更高了。一些同志光荣地加入了中国共产党，一批批伤病员恢复了健康重返前线，一批批精壮战士补充到主力部队，金岗台满山上的足迹和弹痕，记录着我们每一个战士的功绩。

夜袭"九里十八寨"

梅少卿

　　河南省光山县、经扶县和罗山县交界地带，有一片寨子，连绵9里路长，当地老百姓称它为"九里十八寨"。由于这里地势险要，加上平时我军很少到这一带活动，因此，反动势力十分猖獗。他们在每个寨子里都修筑了炮楼工事，由民团防守。在这"九里十八寨"中，有一个总寨子名叫香炉寺，地形十分险要，炮台交错，岗哨严密，是敌民团团长兼联保主任陈治忠的老巢。这个寨子驻有反动民团4个连，都是由一些地痞流氓和土匪组成，共500多人枪。他们在这一带烧杀奸淫，无恶不作，很多妇女被他们糟蹋后又被卖往外地。他们还有一整套的统治手段，平时不让寨子里的老百姓出入，封锁、控制非常严格，就连农忙季节，老百姓收割、播种也要派保甲长监视，晚上很早就关寨门。这一带的老百姓受尽了团练的欺压蹂躏，对他们恨之入骨，都希望听到红军的消息。

1935 年 1 月，我们到这里活动，群众要求我们除掉这些寨子里的敌人，解放这一带的老百姓，为他们报仇。正在这里率领便衣队检查工作的鄂东北道委委员何耀榜同志，听到群众的这一报告后，经研究，决定破袭"九里十八寨"，扩大根据地，解放受苦受难的老百姓，并立即命令便衣队派人侦察敌情，为攻打寨子做准备工作。

农历腊月二十上午，派出的侦察人员回来向何耀榜汇报了情况，这 18 个寨子中，其他 17 个寨子都只有少量的民团武装，每个寨子有 30 至 50 人枪不等；唯有香炉寺寨子的火力配备较强，弹药粮食比较充足，但里面的群众早就有搞暴动的想法，只是由于没有枪支和机会，才一直没能实现。何耀榜等领导同志听完汇报后，正在研究作战方案。突然有一位姓龚的人来找我便衣二队队长申功臣，说有要事相告。当时，申功臣不在，何耀榜同志就亲自接待了他。坐定后，何耀榜问姓龚的来意，他回答说：我和你们队伍里的申功臣是表兄弟，我是恶霸陈治忠的佃户，家里有两个妹妹都在十几岁就被陈治忠霸占了，为了欺人耳目，陈治忠要我在香炉寺当个挂名甲长，受尽了他的捉弄和欺压。又说：陈治忠和他那帮地痞流氓无恶不作，整天催租逼债，千方百计地敲诈勒索老百姓，不知有多少人因缴不起租、还不起债被逼得家破人亡，至今牢里还关着几百名男女老幼。他请求红军给他做主，最好能赶在年前去攻打寨子，解放这一带受苦受难的老百姓，让大家过一个舒心年。

说话间，申功臣回来了，表兄弟见面非常高兴，申功臣问是怎么出得寨子来的，龚说快过年了，是陈治忠要他到宣化店办年货的，路上听说红军在这里，就跑来找他来了。申功臣又要他详细地介绍了寨子里的情况。最后，何耀榜同志说："你来得正是时候，我们在前两天已经接到一些群众的报告和要求，现正在研究如何攻打'九里十八寨'的事，你提供的情况很重要，我们一定在年前打下寨子，让你们过一个好年。"为了详细掌握情况，他们谈到很晚才吃饭。

第二天，何耀榜和申功臣又同姓龚的进一步商量了如何里应外合攻打寨子的方案。龚说：现在接近过年，寨子里民团的兵痞流氓整天赌钱，打麻将，吃喝玩乐，警戒比平时松得多。并说农历腊月二十五晚上是他值班，负责打更查哨。领导们商量了一会儿，认为这是个好机会，现在离腊月二十五还有四天时间，部队完全可以做好准备，就确定于二十五晚上行动，并规定了联络暗号：夜间 12 点，龚在寨墙上咳嗽两声，然后划根火柴，把寨门打开。一切方案就绪。龚"甲长"临行前，何耀榜和申功臣又反复叮嘱他，回去以后一定要把可靠的群众事先组织起来，准备接应红军，特别要注意保密，不能让敌人得到一点风声。龚"甲长"都一一答应了，说："我现在就去宣化店把年货运回去，你们尽管放心。"

龚"甲长"走后，何耀榜召集当地地方武装，便衣队领导人于启龙、蔡炳臣、吴世英、申功臣等进一步分析了敌情，研究了具体作战方案，进行了战斗分工。大家一致认为：当前敌人的主力梁冠英的第二十五路军，已去追我红二十五军；刘茂恩的第十一路军，在这附近只有 1 个团；此外，潢川县、罗山县还驻有敌人 1 个保安团。我们在这一带则有八十二师的一部分部队，以及第六路游击师、第四路游击师、特务营和便衣队等，敌我力量对比，我军占优势。于是，决定由何耀榜带领特务营和经扶、罗山、光山三个县的便衣队去攻打主寨香炉寺的敌人；由博以明带领第四路游击师，阻击可能由光山增援的敌人，第六路游击师周政委带一部分人，去阻击可能由罗山增援的敌人。

经过几天的准备，各部队都按计划集结完毕。腊月二十五这一天，部队又做了动员。晚饭后，担任攻打主寨任务的部队，迎着风雪，冒着零下十几度的严寒，精神抖擞地向香炉寺进发了。还有 200 多名当地群众，手持大刀、长矛、木棍也自愿加入攻打"九里十八寨"的红军行列。

漆黑的夜晚，寒风刺骨。申功臣是当地人，对这一带情况比较熟悉，他走在队伍的前面，手拿竹棍，探着积雪的深浅，给战士们带路。红军战士虽然个个穿着单薄，但在崎岖的山路上却走得汗流浃背，毫无寒意。一路上，何耀榜和申功臣还不断地为大家鼓劲。经过 3 个多小时的急行军，走了40 里山路，部队来到了何家畈，前面是一条河，河对岸的山上就是晚间要打的香炉寺。同志们按照上级指示，静静地卧在雪地里，两眼盯着寨门，等待命令。

大约夜间 11 点，上级命令部队向寨墙边运动。由于风雪交加，山高路陡，行动十分不便，大家就把事先准备好的麻绳拿出来，抓住绳子向山寨攀登，滑倒了爬起来，摔痛了一声不吭，继续前进。就这样，我们很快接近了寨墙。何耀榜命令大家就地休息，胳膊上扎上条白毛巾，做好战斗准备，等待进攻开始。此时，经过几十分钟的攀登，累得浑身大汗的红军战士，一停止活动，趴在雪地上，立刻冷得打战，上牙下牙直打架，有的同志鼻尖上都结了冰，但大家情绪饱满，只等一声令下，冲进寨子活捉恶霸陈治忠。

　　深夜 12 点，只见寨墙上出现了一个黑影，咳嗽了两声，接着见到了火光，不一会儿寨门打开了。这时何耀榜同志一声令下，带领部队冲进寨门，寨门边龚"甲长"已带领部分群众等着我们，并为我们安排好了熟悉情况的老乡带路。部队进寨后，按照原定计划，兵分三路包围敌人。我们手枪队是何耀榜和申功臣带领，由龚"甲长"带路，直奔总炮楼去抓陈治忠。其余部队一路进攻西边寨墙的敌人，另一路去攻击东北寨墙的敌人。

　　由于春节快到了，又是大雪纷飞，敌人忙着吃喝玩乐，只见各营房都是灯火通明，一阵阵的麻将牌响声和吵闹声，寨内毫无戒备。申功臣等人没有受到任何阻挡，就闯进了总炮楼。这时民团团长陈治忠和一些人也正在打麻将呢，当他们发现我们是红军，才慌忙向墙上取枪，妄图负隅顽抗。我们的战士眼疾手快，大喝一声："缴枪不杀！"开枪击毙了两名刚拔出枪来的民团头目，吓得陈治忠等人跪在地上苦苦求饶。就这样，我们擒贼先擒王，轻而易举地解决了敌民团团部。但是，还有一部分敌人和我们拼刺刀，肉搏战又进行了 20 多分钟，最后打得敌人无法抵抗，只好缴枪投降。申功臣等人把俘虏押下炮楼后将炮楼点上一把火，总炮楼地势较高，大火一起，照得整个香炉寺通红。敌民团的几个连队，在我猛烈的火力攻势和政治攻势下，又看到总炮楼被焚，一个个垂头丧气，纷纷举手投降；顽固的敌人想跳下寨墙逃命，结果摔得死的死，伤的伤。其他小寨子的敌人看到香炉寺火光冲天，枪声大作，早就慌作一团，及至发现自己也被红军包围以后，更是魂不附体，乖乖地缴枪投降。

经过几个小时的战斗，红军占领了全部寨子，从牢里放出了被陈治忠关押的几百名男女老幼，整个"九里十八寨"一片沸腾，乡亲们拉住红军战士的手说：你们真是穷人的救命恩人哪，俺们永远忘不了共产党，忘不了红军！战斗结束后，负责阻击敌人的部队，也撤回到香炉寺。除安排一部分部队负责看管俘虏的警戒值勤外，其他的部队都休息了。

第二天天刚蒙蒙亮，同志们就起来清理战场。这次夜袭"九里十八寨"，光在香炉寺总寨子就击毙了敌人 40 多个，缴获各种枪支 50 余条，还有不少粮食和布匹。而我们只牺牲了两位同志（王副排长和小蔡），还有几位同志负了伤，其中我的腿部也负了轻伤。

太阳出来了，当地老百姓都欢天喜地地赶来慰问红军。

战士们打开仓库，将粮食分给寨子里和寨子周围的人民群众，让大家过个好年。广大群众欢欣鼓舞，衷心感谢党，感谢红军，不少青年踊跃报名参加红军。这一仗，我们不仅沉重地打击了敌人，也扩大了红军的影响力，使这里的民团很长一段时间都不敢出来活动。

高政委在鹞落坪[*]

吴秀英　余玉明　江　兴　郝光生

1934 年 11 月，红二十五军长征后，坚持鄂豫皖革命根据地斗争的重担，历史地落到高敬亭和留下来的红军指战员们的肩上。在远离党中央的情况下，高敬亭重建红二十八军，在异常困难的环境中，坚持了三年游击战争，保存了鄂豫皖革命根据地。在漫长而又艰苦的岁月里，他与革命人民休戚相关，生死与共，结下了深厚的情谊。

1935 年春节将近，高敬亭率领一支红军，在敌人的尾追下，来到了鹞落坪。鹞落坪是湖北、安徽两省的接合部，在英、霍、潜、太四县交界处。境内地形复杂，是开展游击战争的理想之地。在河谷两岸，散居着 30 户人家，以开荒种玉米为生。早在 1930 年，这里的人民在清水寨暴动的影响下，曾经建立乡苏维埃政权，受过革命熏陶，对共产党、

---

[*] 本文原标题为《高政委与鹞落坪人民》，收录时做了适当修改。

对红军有极其深厚的感情。

2月初的一天早晨，砰……砰……几声清脆的枪声，从总河铺方向传来，高敬亭判断，是敌人追来了，他一面命令伤病员和随队红军家属向多支尖方向撤退，并要求他们每人丢弃一件衣物，一面命令红军战士选择有利地形，做好埋伏，待机杀敌，部署完毕，他埋伏在一旁，等候着这些不速之客来享受这顿美美的"早餐"。

枪声越来越近，敌十一路军六十四师三八四团第二、三营，在团长朱瓒的率领下，进入我军埋伏圈。敌人追了一夜，正饥肠辘辘，看到这一锅锅的白米饭，恨不得一口连锅吞下。但狡猾的敌军官，却不准士兵们掀一掀锅盖，并立即派出三个侦察兵继续向前侦察。一路上侦察兵看到我们伤员丢弃的衣物，以为我军是仓皇逃跑，便迅速打出旗语。敌军官这才放心地让士兵们狼吞虎咽。

高敬亭看战机已到，不可贻误，命令司号员吹响冲锋号，霎时间"冲呀""杀呀"的喊声四起，敌人拼命夺路，欲突重围。被我等候了一天的地方游击队压了回来，战斗更加激烈，枪声、手榴弹声、刺刀的撞击声交织在一起，震动了山谷。

这一仗我军以伤亡30余人、损失步枪7支的代价，换取了消灭敌人1个营、获得子弹几千发、枪支数百条的胜利，为我军挺进鹞落坪打响了第一枪，高敬亭的名字也在群众中传开了。

原来，这场战斗是高敬亭有意安排的，事先做好了周密计划。他考虑到我军兵力不足，抵挡不了敌人 2 个营，因此通知河口寺方面游击队负责人刘正北率部埋伏在东冲路口，以逸待劳阻击敌人，然后又叫伤病员和随队的红军家属向东冲方向撤退，故意丢弃衣物，造成我军仓皇而逃的假象，趁敌人放胆吃饭时予以歼灭，除掉这可恶的"尾巴"。1935 年 2 月 3 日（农历除夕之夜），在太湖县的凉亭坳（现属岳西县）金家大屋胜利召开了重要会议，正式重建了红二十八军，从而把鄂豫皖根据地的斗争推向了一个新的阶段。

　　1935 年 2 月中旬，高敬亭在游击途中路过鹞落坪，前卫部队已翻过大山，他带领几个警卫战士阻击敌人。突然，他肚子剧烈疼痛，汗如雨下，不能行动，几个警卫战士一面开枪阻击敌人，一面照顾高敬亭。在敌强我弱的情况下，战士们急得团团转。敌人得知红军大部队已翻过大山，这里的兵力不多，于是喊声骤起："冲呀！""捉活的！"几个警卫战士背起高敬亭就跑，山高路狭，地旷人稀，迷失了方向，情况十分危急，恰好 50 多岁的聂在忠路过此地，一见此情，二话没说，背起高敬亭穿山林、过山涧、攀悬崖、涉急流，向自己家奔去，面对这位素不相识的老人，高敬亭泪挂腮旁，万分感动，他从口袋里掏出银圆酬谢，却被聂在忠谢绝了。

　　在聂家养病期间，高敬亭与聂老做了几次彻夜长谈，了解到当地情况，熟悉了当地民情，并透露了在这里建立根据地的愿望，征询聂老的意见。聂老听后，高兴地向他提出了一条很好的建议：要想立足鹞落坪，就要在这一带扎下根。高敬亭很乐意地接受了聂老的意见，并通过聂老找来了一批积极分子，如郝光生、汪大臣、汪兴等人，商讨建立红军医院、治疗伤病员和安置受难的红军家属问题，不久，特委后勤部"山林医院"就正式在鹞落坪建成了，特委派秘书罗延植和罗的爱人方立明在此负责工作，还放了两支便衣队活动在鹞落坪一带负责保护伤员、筹粮筹款、补充兵员、发动群众支援红军。当时，鹞落坪总共只有17个村庄，30多户人家，人口不到200人，而参加便衣队的却有四五十人。"山林医院"的17间病房里，有200多个伤病员，所需医护人员，除3个医生和4个护士外，其余医护人员都是在本地青年男女中挑选的。为使伤员不受饿、不受冻、不缺菜，便衣队还与当地住户订了包养合同。这样，17个山棚的病员，就要17户人家包下来。再加上交通员、采购员、情报员，在不到200人中就要100余青年男女为红军服务。年老体弱的，也在家里为红军舂米、磨面，为伤员送茶等。因此投入生产的劳动力就不多了。

高敬亭得知这一情况后，教育红军战士和便衣队队员、伤员，要关心群众利益，春播秋种大忙季节一到，便衣队和轻伤员就主动帮助群众开荒生产。群众缺钱用，他们就帮助群众驮树下山，换稻米、换油盐，秘书罗延植同志还遵照高敬亭的指示，按月给为红军服务的家属发放粮款，务必让群众得到温饱，真是军民鱼水情，情谊深似海。

鹞落坪处于英、霍、潜、太四县敌人的包围之中，如果不能认真执行党的统战策略，依靠人民争取和团结上层进步人士及国民党基层政权人员，无疑是作茧自缚。因此，每当便衣队队员和红军到白区执行任务时，高敬亭总是强调政策，强调群众纪律。谁要是违反了，轻则处罚，重则处决，从而收到了良好的效果，获得了广大群众和进步人士、国民党基层政权人员的同情和支持。

当时红军给养无源，不得不向一些地主老财出票借款。有一次，红二十八军某部在小河南游击时，向一个姓蒋的大地主家下了3000银圆的借票，并把他的小儿子带到鹞落坪，高敬亭听说这个孩子还在私塾读书，生怕耽误了他的学业，立即叫罗延植秘书的爱人方立明同志，帮助他复习功课，这个小孩在红军中生活了一个多月，长得又胖又结实，天真活泼，惹人喜爱。当那个姓蒋的地主带着借款来领孩子时，一见到孩子长得如此可爱，大为吃惊，这孩子一见到父亲，开口就说："爸爸，我要当红军！"那个姓蒋的地主听儿子说要当红军，立即应允，当着高敬亭的面说："高将军，这个孩子就交给你们吧！"但高敬亭考虑到这孩子是"抓"来的，执意不收，以免敌人造谣中伤，但在父子俩苦苦哀求下，只好收下。以后这个小鬼，多次到白区侦察敌情，较好地完成了上级交给的任务，受到领导和同志们多次夸奖。但为时不久，这位小红军战士却被包家河的反动民团抓去杀害了。

为了团结一切可以团结的力量，支援红军，高敬亭还经常深入学校、敌党政机关、乡保甲长及一些开明士绅和同情革命的人家里去做工作；有时还把他们"请"到我军驻地，晓以大义，陈说利害，指出前途，使之为我军服务。当时鹞落坪的四周如青天畈、太阳畈、杨柳湾、白帽、包家河等地，都是鱼米之乡，又是小集镇，红军和伤病员所需粮食、布匹、油盐、医药、电池、肉食等生活用品，都靠这些地方供应。国民党反动派妄图困死红军，困死根据地人民，曾下令严禁这些物资流向根据地。凡是鹞落坪的人，到这些地方购买日用品，超过了限额，即以"通匪"论处。但群众热爱红军的心是封锁不住的。1935 年春，我鹞落坪便衣队通过河清中心学校校长汪恭颖先生的关系，以学校名义购买大米 10 担，并筹集银圆 300 多块，用该校印章，开了一张通行证，叫伪保长带着我地下交通员郝光生前往敌人"剿匪"总指挥部所在地——立煌县城，采办了一挑子电池、一挑子煤油和三挑子布匹，多次顺利地通过封锁线。

在战斗频繁的年代，最急需而又买不到的东西，莫过于子弹了。而高敬亭领导的军队，子弹却源源不断地得到供应。除了缴获，从敌人那里买（国民党的二十五路军士兵很穷，没有钱用就卖子弹，一块光洋一颗子弹），还通过敌保长以办保安队为名，为我们购买。包家河的保长刘升堂本来极其反动，有一次，被我便衣队队员抓到后，论罪行是该杀无赦，但高敬亭考虑到，他的家就在敌人第二十五路军任月圆团长的驻地旁边，可以利用他为我们办些事。于是他把刘升堂叫到跟前，晓以利害，叫他为我军买子弹，送情报。并警告说："要是阳奉阴违，我寅时要你的头，绝不等到卯时。"最后，把他放了，不几天，刘升堂就送来了几箱手榴弹，并表示今后继续为红军采购。

1935 年腊月，大雪封山。眼看大年将近，根据地物资极端缺乏，为了改善红军和伤病员的伙食，急需大批大米和肉食，但一时又无法筹集，就是筹集了，也难以运到根据地。于是高敬亭亲率一个警卫员，来到青天保保长张步云家。张步云一家人看到高敬亭到来，大为惊慌。高敬亭拍拍张步云的肩膀说："张保长别误会，我是来请你帮忙的。"张步云对高敬亭相当崇敬，佩服他的胆略，竖着大拇指说："人说赵子龙一身都是胆，高将军你和赵子龙差不多。"这一夜高敬亭和张步云彻夜长谈，并将这次来意告诉了张步云，张步云拍拍胸脯："我包下来了。"高敬亭当场留下银圆 150 块，请他代办物资。

事有凑巧，高敬亭走后，驻在包家河的敌二十五路军任月圆团长也写信来索取年关物资，张步云接信一看，高兴极了，他一面帮任团长筹取物资，一面派人送信给高敬亭说："与其你们花钱买，倒不如来个陈仓借粮，夺此不义之财。"并相约了日期和地点。

腊月二十那天，张步云派 20 多名"夫子"，挑着油盐、布匹、肉食、大米、黄豆之类物资，在敌军的押解下，慢慢地向包家河方向走去，当高敬亭接到张保长的来信后，组织了 20 余名便衣队队员，按约埋伏在烂泥坳的山林里，等候着敌人送来的"礼物"。这天中午时分，20 多个"夫子"挑着沉重的担子，吃力地走到了烂泥坳。走在前头的"夫子"班长，一见到便衣队队员的暗号，就以"累"为由，叫"夫子"们全部歇肩，"夫子"们将担子乱七八糟、稀稀拉拉地放着，足有里把路长。敌兵一见这里地形险恶，担子又是稀稀拉拉地放着，很为着急。班长一声令下，十几个匪兵同时吆喝着："给我走！"可是"夫子"们像铁钉钉的一样，动也不动，埋伏在山林里的便衣队队员一看时机已到，便在洋铁桶里燃起了爆竹，顿时"枪声"大作。十几个敌兵一听到密集的"枪声"，慌作一团，哭爹喊娘各自逃生，就这样，我们不费一枪一弹，夺取了 20 多担年货，为了酬谢青天保方面派来的贫苦农民，便衣队队长王子清将张步云保长退回的 150 元银圆，发给每人一块，作为力资，真是皆大欢喜了。

为使这些乡保人员取得国民党的信任，高敬亭有时还派一部分便衣队进入白区活动，并命乡保长给敌军送信，待敌军来时我们佯装退走。这样国民党反动派不但坚信不疑，有时还给他们嘉奖。在这些乡保人员中，有个别顽固不化分子，誓死与红军为敌，对于这些顽固分子，红军也只好予以处决。像三槐保保长王业毕，表面上为红军办事，而暗地里却利用这个关系，干了许多坏事。高敬亭将情况查实后，立即派便衣队队员将他抓了起来，令其写了罪状，然后予以处决。杀掉了顽固派，坚定了明智派。使他们相信高敬亭是说一不二的，只有真心实意为红军办事才有出路，因而以鹞落坪为中心的革命根据地更加巩固了。

1937 年 7 月初，正在鄂东地区游击的高敬亭，接到了党中央关于"国共合作""团结抗日"的指示后，迅速率领手枪团第二、第三分队，回到鄂皖边的鹞落坪，与皖鄂边特委书记何耀榜在岳西县第三区南田村会面了。

7 月中旬，高敬亭在蛇形岗召开了会议，决定派何耀榜同志为鄂豫皖边区正式代表，与国民党方面代表刘刚夫举行谈判。高敬亭自始至终主导了这次谈判，并化名政治部主任李守义参加了在岳西县九河举行的签字仪式。至此，在高敬亭领导下的鄂豫皖三年游击战争胜利结束。

和平谈判的消息像春风一样吹遍了鄂豫皖地区。久别亲人的红军战士，可以自由地回家探亲了。被没收的财产，也归还了，被迫搬迁到敌据点的鹞落坪人民，也回到了美丽的故乡开始重建家园了。

高敬亭在参加九河签字后的当天赶回到鹞落坪，看望与他们生死与共的鹞落坪人民。他来到了聂老的家，拜谢他救命之恩，与聂老一起重温着那艰苦的岁月，畅谈了和谈后的革命形势，临走时赠送他一颗珍贵的玛瑙。他来到余玉明的家，慰问了这位跟随他从金家寨撤下来的红军姑娘，鼓励她积极参加抗日斗争，打击民族敌人。他来到郝光生的家，亲手抚摸着郝光生胸前的伤疤，热泪盈眶地将一把银锁赠给了他，表扬他宁愿牺牲自己也不愿出卖伤员的自我牺牲精神。他来到老中医郝宪章的家，拾起他当年为红军煎草药的罐，尽情地抚摸着，感谢他不辞劳苦为红军伤病员治病的恩情，把一把银圆送给了他。他走遍了每一个角落，看到了那断瓦颓垣，看到了那荒芜的土地，看了牺牲者的坟墓，看了烈士遗属……这一切，使他备觉根据地人民可亲、可爱，他立刻写信给特委，要求他们帮助乡亲们恢复家园，并留下银圆300块，交由聂老分给众人，聊表谢意。

高敬亭往事*

罗映臣

三年游击战争时期，我是红二十八军交通队一班的战士。交通队一班的主要任务是担任军首长的警卫工作，这使我经常接触军政委高敬亭同志，现将他的几件小事整理如下，以作为对他的怀念。

1935年10月底，军政委率队去麻城。在通过麻城西北一座无名山地封锁线时，受到敌人的堵截。军政委亲自指挥了这次反击战。敌人凭着精良的武器、数倍于我军的兵力，向我军发起一次又一次进攻。因我踞高地、守隘路，敌人终不能越过通向我军阵地的300米开阔地。但是，敌人并不甘心，后又以散兵群的阵势向我军阵地猛攻过来，三连连长李文斌命令机枪排坚决粉碎敌人的进攻，掩护主力突围。机枪排排长漆德庆指挥三挺机枪一起开火，敌人一排排地倒下。

---

* 本文原标题为《高敬亭同志二三事》，收录时做了适当修改。

一会儿，我们有两挺机枪因发烫不能打了，只剩下漆德庆的那挺机枪还在怒吼，一梭子子弹就打倒了敌人一片，残敌如丧家之犬，狼狈回窜。大家都向漆排长投去赞扬的目光，漆排长也很高兴自己的这一手。没想到，军政委这时却用马鞭点了漆排长两下，大声说："漆德庆，你怎么搞的？"说完就离开了阵地，弄得大家不知怎么回事。

战斗结束了。晚上，我们到达宿营地的时候，漆排长找到军部来了。漆排长进门就说："军政委，你今天为什么批评我？我犯什么王法了？"正在踱步的高敬亭停下来问："你那一梭子打了几发子弹？"漆答："15 发。"高又问："打死了多少敌人？""13 个。"高说："你为什么 15 发子弹只打死 13 个敌人？你那两发子弹呢？飞哪去了？你不知道子弹很珍贵吗？"这时，大家才明白军政委为何批评漆排长。军政委对部队干部和战士要求十分严格，越是打胜仗的时候，他就越严格要求同志们保持清醒的头脑，意在防止滋长骄傲情绪。这也就是 15 发子弹打死 13 个敌人而受到批评的主要原因。

1937 年 7 月中旬，我随军政委到达岳西县南田村，与皖鄂特委书记何耀榜同志会合。不久，在军政委的领导下，依据中央指示，与卫立煌部进行了和平谈判，达成了停止内战、一致抗日的协议。

和谈之前的一天晚上，我值勤时发现军政委房间的灯总是亮着。我下岗回来，见军政委在房里踱来踱去。我放下枪，推门进去，见桌子上放着一大摊书报。我催促首长休息，注意身体。他停下脚步，对我说："睡不着。"接着又说："小罗，你睡吧，有些事你现在不明白，将来你会清楚的。"

一连几个白天和夜晚，军政委都是闭门不出，在房子里踱来踱去。后来我才知道，他接到了姜术堂从八路军驻西安办事处带来的《中国人民对日作战的基本纲领》《中央关于抗日救国运动的新形势与民主共和国的决议》两个文件后，那几天是在反复阅读和领会中央文件的精神。经过慎重考虑，他才决定向鄂豫皖边区国民党最高当局——督办公署，提出停止内战、一致抗日的谈判倡议。

在这一重大转折的历史关头，红二十八军的有些干部战士，对我党与国民党谈判、合作抗日很不理解，甚至有抵触情绪，为了统一认识，军政委集合部队开会，进行说服教育。

在岳西集合行军前，他在队列前讲话，当说到与国民党和平谈判一致抗日的意义时，有个战士站了起来，很激动地说："军政委，我们和国民党反动派拼了这么多年，牺牲了多少战士和群众，现在还和他们谈判签字，那我们同志的血不是白流了吗？我把枪交给你吧，我回家算了。"我当时真为这个战士担心，他不是要被罚关禁闭，就是要挨训斥的。

但这次军政委出乎意料地冷静。他说："同志，你把枪拿着，听我讲下去，好不好？"这个战士坐下来后，军政委继续讲话，他强调我们共产党人要以国家民族利益为重，联合国民党是为了抗日，不是不革命，更不是妥协投降。我们要在抗日民族统一战线的旗帜下，发展和壮大自己的力量，坚决打击国民党顽固势力，争取中间势力。他说："在这场斗争中，我们革命战士的责任不是减轻了，而是更重了。在革命没有成功的时候，革命战士的枪能放下吗？我看，革命战士的枪永远不能放下！所以，你那支枪还是扛着吧，扛到日本侵略者被赶出中国，扛到革命胜利！"

他的一席话，把战士们的心说亮了，这个战士枪也不交了，激动地说："我响应党中央的号召，要我扛枪扛到什么时候，我就扛到什么时候。"

经过教育，红二十八军从干部到战士，对于为什么要实行国共合作，思想一致了，不久，即开赴抗日前线。

我们到七里坪集中整编后，于 1937 年 10 月 17 日，在方家湾一所破庙里，军政委高敬亭与史玉清同志结婚了。

新房很简陋，除了一张床和一张小方桌外，只剩下不多的空间了。桌上放着一只搪瓷盆和一只小茶壶，床上还是两床打游击时用的黑土布被子和包着换洗衣服的枕头。唯有门上贴的红对联，给人一种喜庆之感："为民族解放敌后坚持数载，求社会平等边区奋斗十年"。秘书和杜副官一边忙着，一边说："这像什么新房？除新郎新娘外，一样新东西也没有啊！"秘书要杜副官想想办法，看能否借到直贡呢被子来用一用。我们也在边张罗边议论，战争打胜了，局势也开始稳定了，军政委结婚嘛，也总得像个样子。这时军政委进来了，恰好听到了大家的议论，他说："结婚，两床被子足够了。"还诙谐地说："杜副官，你可不要叫我当'老财'！"大家被逗笑了。

他的爱人史玉清，原是金岗台妇女排的，思想很开明。她也说："要那么些东西干啥？打起仗来绊绊拉拉的。"

晚上，原红二十八军的老干部被军政委请来吃了一顿饭，这结婚喜宴也是很别致的，我记得有萝卜烧肉、青菜烧豆腐、咸菜炒辣椒等菜肴。大别山小咸菜是很好吃的，军政委到七里坪后，每次吃饭都要弄两盘豇豆和辣椒。

结婚的第二天，红安城区的群众做了一些糍粑，由郑如星同志派人送来，东西不多，却表达了群众的一片诚意，军政委高兴地紧紧拉着来人的手，连声说："谢谢同志们！谢谢同志们。"

军政委平时生活很俭朴，从不铺张，他穿的衣服，打的绑腿，全是缴获来的。他在吃的方面，与战士们同甘共苦，往往几个月吃不到肉，也很少吃面，有时搞到一点，他总要分送给交通队的同志吃，从来不吃独食。有时，炊事员从外面买到他爱吃的咸菜、豇豆、辣椒等，他总是要让大家分享，高喊："来，吃呀！"直到全部吃完为止。

战士老刘是军政委的贴身警卫员之一，是专门喂马的能手。他喂的枣红马膘肥体壮，滚瓜溜圆，跑起来四蹄腾空，快疾如风，天长日久，我们只要听到熟悉的"嘚嘚嘚"的马蹄声，就能辨别出是军政委回来了。

一天，老刘病了。晚上，军政委知道后，马上叫炊事员下了一碗面条，并亲自端给老刘吃，这时战士们都睡了，只有老刘还在哼哼唧唧的，军政委悄悄地来到老刘床前，老刘一见，正欲起来招呼，军政委做了个制止的手势，把那碗热气腾腾的面条递到了老刘跟前。老刘是放牛娃出身，从小死了父母，在苦水里泡大，参加红军后，才体会到革命大家庭的温暖。如今他生病，军政委来看望他，又亲自给他送面条，老刘感动得直流泪，连连推说："军政委，我不吃，我不饿，你吃吧。"军政委亲切地注视着老刘，又摸摸老刘的太阳穴，边摸边转过身来对他爱人轻声说："退烧了，退烧了。"然后对老刘说："老刘啊，心放宽些，哪有吃五谷不生病的呢！人是铁，饭是钢，这碗面条是为你做的嘛。"他爱人也在一旁轻声地劝老刘："俗话说，'头疼脑热，干饭紧咽，一咽下饭，马上就好'！"在军政委的劝慰下，老刘病容顿减，病情也似乎好了许多，他坐起来，将一碗面条吃了下去。

军政委关心、体贴战士的事例很多，尤其是对伤病员，他每次检查工作时，总是去探望他们。一些老战士负伤后，养伤地点，他都要亲自过问，亲自安排，还嘱咐看护长精心调治，并派便衣队保护。有一次，我随他去鄂东北天台山检查工作，那里是红安四区便衣队的活动地方，山上有红军医院，一批伤病员在那里养伤。晚上，区委书记郑如星同志来汇报工作，他问老郑伤病员住什么地方，老郑说："我把伤病员交给了地下委员、保长余雨清负责，很安全，很保险。"又问伤病员生活怎么样，老郑说："伤病员白天在山上睡觉，天黑由便衣队背粮食上去，伤病员每天夜里可以吃上一顿饭，每个星期可吃上一餐肉。"军政委听了很高兴，以赞许的眼光看着老郑说："你的工作做得不错嘛！"又问："伤员里面可有老兵和干部？"老郑说："有。"军政委说："老郑啊，你可知道，不要说干部了，一个老战士就是我们部队的一个骨干，一个宝贝！经过这么多残酷斗争考验的老战士比金子还贵。老战士如果损失了，将来新兵靠谁带？！一定要把这些老战士保护好。"

"小师政委"方永乐[*]

李世安　张国安

　　1934 年 11 月，红二十五军离开鄂豫皖根据地西征后，国民党军队趁机进攻苏区，我根据地迅速被敌占领，留在边区的各零星武装，大都处在各自为战、无统一指挥的状态。12 月底，方永乐率鄂东北独立团前往皖西，寻找皖西北道委书记高敬亭，两部会合后于 1935 年 2 月 1 日至 3 日，在太湖县凉亭坳再次组建了红二十八军，下辖八十二师，高敬亭任军政委，方永乐任师政委。

　　在我们红二十八军，上上下下都称呼方永乐为"小师政委"。这不仅仅因为方永乐同志任八十二师政委时，年纪只有 20 岁，更因为大家钦慕他、热爱他，这是大家对他的敬称，同时也为我军有这样一位智勇双全、指挥若定的青年将领而骄傲和自豪。鄂豫皖边区三年游击战争开始的一年多

---

　　* 本文原标题为《怀念"小师政委"方永乐》，收录时做了适当修改。

里，方永乐率领红二十八军八十二师，驰骋于崇山峻岭，运用各种战略战术，有力地打击了国民党反动派，敌人听到"方永乐"这个名字，不寒而栗。

方永乐的枪法是有口皆碑的，百发百中，弹无虚发。一次，手枪团随"小师政委"转战到了麻城一带，刚在一座山上驻下，敌三十二师九十四旅一八七团就尾随而至，驻扎在对面的一座山上。两军相峙，隔沟相望，彼此都在观察对方的情况。这时，在敌人驻扎的山头上，出现了两个人，正举着望远镜，窥探我军动静。突然间，不知从什么地方飞去两颗子弹，不偏不倚，正中要害，两人立刻倒地毙命。这下子在敌营中引起一片恐慌，敌人不战自溃，逃得无影无踪。

原来那毙命的是敌人的指挥官，而发射子弹的正是我们的"小师政委"。当方永乐发现对面山头上两个敌军官肆无忌惮地侦察我军驻地时，决定给他们点颜色看看，他隐蔽在树林里，连开两枪。敌军头领一死，群兽无首，哪里还顾得上追击我们。当地的群众知道这件事后，还把这件事编成了小调传唱，赞颂"小师政委"，讽刺敌军。

我们常常怀着敬佩的心情问方永乐政委："师政委，你的枪法怎么这样准？"他总是说："练的，只要功夫深，铁杵也能磨成针。大别山的敌人多，武器好，我们不苦练，能战胜敌人吗？任何时候都要练！练！练！"小师政委的话朴实、简短，但很有启发性。战士们不怕吃苦，都自觉从难从严地苦练杀敌本领。

在种种练兵方法上，我们印象最深的是登山抢红旗。每当我们驻扎山区时，"小师政委"便在山峦或是悬崖的树枝上挂起一面红旗，命我们列队下山，等待号令，大家就直向顶峰登攀，谁最先攀至顶上，抢到红旗，谁就受到表扬，获得奖赏（几颗子弹）。回想起同志们登山途中迸发出的欢笑声，整个部队洋溢着的昂扬情绪和青春气息，令人格外留恋。这种看起来近乎年轻人游戏的练兵方法，包含着重大的意义。那时，敌人天天追击我们，行军的速度往往决定胜负。正如方永乐同志所说，我们一定要练出一双铁脚板，对付敌人，战胜敌人！

在三年游击战争实践中，红二十八军创造了一整套机动灵活的战略战术，有效地打击敌人，消灭敌人。而方永乐同志正是运用这一套战略战术的杰出代表。他充分了解各类敌人的特点及其相互之间的矛盾，熟悉高山、丘陵和平畈等不同地形，巧妙地开展斗争，使我立于不败之地，展示出卓越的军事指挥才能。

1935 年 5 月底，我军决定越过平汉铁路，从桐柏山区返回鄂豫皖革命根据地，途中却遇敌第二十五路军独五旅的追击和敌骑兵的截击。我军与独五旅稍有接触，立即折入东北方向的山区。敌人以火力继续追击，我手枪团奉命阻击，掩护部队翻过东北山区，然后南下，直插桃花山。这时，敌独五旅六一四团二营也追到桃花山地区以东，距离我们很近，企图阻扰我军返回鄂豫皖根据地。

高敬亭、方永乐同志召开营以上干部会议，分析了敌情和地形，决定伏击"追剿"之敌，为东返鄂豫皖根据地创造条件。桃花山地区是进入桐柏山的一条通道，三面环山，层峦叠嶂，一条羊肠小道从东南向西北直伸谷底。按照方永乐的布置，我手枪团和二四四团埋伏在左侧高山，一营和特务营占领右侧山梁和主峰，我军凭借有利地形，伏击敌人。

　　不出方永乐所料，敌独五旅是一伙骄兵，自恃武器精良，胆大妄为，他们一进入桃花山，就以一个团的兵力顺山谷小道，向我右侧一营和特务营的阵地发起攻击；又以另一个团的兵力搭人梯，攀登悬崖峭壁，妄图偷袭我军左翼。

　　向我左翼偷袭的敌人，自以为神不知鬼不觉，正偷偷攀上悬崖。哪知我军隐蔽在山林之间，已经久等，就在敌人距我三四十米时，机枪、步枪一齐向敌人开火，紧接着一排排手榴弹、一块块岩石直向敌军抛去。在石头、枪弹交相袭击下，悬崖上的敌人躲没处躲，逃无处逃，要还击又无法还击，纷纷滚落山崖，跌入山沟，尸首堆积如小丘。

　　敌人偷袭不成，便集中兵力、火力从正面强攻，以密集的队形向我发起冲击。方永乐指挥若定，待到敌人接近我军阵地，我军又以各种武器重创敌人，连续三次击退敌人的冲锋。下午2点光景，在督战队的逼迫下，敌人发动第四次冲锋。这时，方永乐一声号令，第一个跳出工事，率领广大战士冲向敌群，展开白刃战。"小师政委"如猛虎扑向羊群，只见他手中的大刀，寒光闪闪，以英勇无畏的气概压倒敌人，战士们发扬了刺刀见红、近战歼敌的大无畏精神，给敌人以重大杀伤。这次战斗，毙伤敌600余名，缴获轻机枪1挺、步枪200余支、子弹15000余发。敌人遭此沉重打击，十来天都不敢轻举妄动。我军士气旺盛，归途中又连连打了几个胜仗，顺利地返回皖西根据地。

方永乐不仅能正确指挥大部队作战，歼灭敌人有生力量，还善于在分散活动中，巧妙地运用伪装战术，闯敌营如入无人之境，出其不意，打他个措手不及，使敌人处于处处被动挨打的局面。他曾率领我们手枪团，伪装敌第二十五路军，在皖西桐潜一带连闯五镇，消灭不少敌人。

1936年春节后，"小师政委"率领我们手枪团去蕲春、太湖交界的桐山冲整顿一支便衣队，住在一个小村庄里，深夜，我们两个哨兵听到一阵脚步声，发现敌别动队两路进山来了。一个哨兵赶忙向方永乐报告敌情。

这个村庄背靠大山，面临小河，手枪团往哪里突围转移呢？"小师政委"点子就是多，真是眉头一皱，计上心来。他对大家说："不许打枪！我们从屋后上山。要是敌人住下来，就太好了。"说罢，带头朝山上奔去。这时天黑得伸手不见五指，还下着小雨，山路又陡又滑，我们六七十人，一个挨着一个，上了后山顶。

敌人进村庄了，我们从山上看见手电光一闪一闪的，还传来一阵阵嗷嗷的叫唤声。经过一番折腾，敌人不见红军踪影，就在村子里住下。这时"小师政委"下命令了："好，敌人住下了，轮到我们收拾他们了！"我们分成两路下山，包抄了村庄，来了个反袭击。

敌在明处，我在暗处。我军一发动攻势，敌人无处躲藏，顿时成了瓮中之鳖。除了几个人跳河逃命外，100多个敌人都被我们消灭了。我们无一伤亡，还缴获了30多支驳壳枪和2挺机关枪，等敌人后续部队赶到，"小师政委"已率领我们越过英山，到达中共皖西特委驻地了。

方永乐对部队纪律的要求，是非常严格的，印象较深的有这样两件事：

1936年初，国民党反动派为加强对红军的封锁，在大别山分段完成碉堡线。针对这个形势，我军决定下平原，分散活动，打破敌人的封锁。

在方永乐的率领下，我们手枪团两个分队去黄梅地区。在黄梅县城南边，有个名叫孔垄的重镇，驻有一支国民党地方保安武装，计30余人枪。这支反动武装是以商会名义办的，由会长担任分队长，借防御之名，残酷剥削当地百姓，过着花天酒地的生活。

这天，我们从袁家岭出发，经濯港、白湖渡到了孔垄镇北侧约2公里的洪家铺。洪家铺驻敌1个班，都是些地痞流氓，哪堪一击，当即向孔垄镇逃命。我跟踪追击，随即进入镇内，镇内的敌人吓得魂飞魄散，四处逃窜，我搜索追歼，毙敌十余人，敌残部向龙感湖方向逃散。

这一仗打得很利索，缴获了敌人的许多枪弹物资，战士们个个兴高采烈。在去会合地点的途中，张国安和几个战士，一路说说笑笑，摇摇晃晃，还用缴获的枪弹打着路旁电线杆上的瓷葫芦。不觉天已黑了，他们又打开手电筒，东照西晃，这时，部队早已在山上集结，等待这几位同志归队。正焦急时，忽见夜色中有手电筒光，以为是敌人来了，准备开火，差点造成一场误伤。

张国安等几位同志满以为这次打了胜仗，又有缴获，肯定会使"小师政委"满意，即使归队晚了，"小师政委"与自己感情很好，也绝不会计较。可是一见到"小师政委"，个个心里直打战，因为从来还没见过他如此严肃的神色，方永乐严厉地说："胡来！你们的纪律性到哪里去了？革命军队没有纪律，能打败敌人吗？你们目无纪律，算什么革命战士！"他不仅没收了缴获的一切东西，而且毫不通融地处分了违反纪律的战士，给大家上了一次生动的纪律教育课。

另一件事，是有次部队过潜太公路时，被敌人包围了，敌人几个师的兵力，把我们围得一层又一层，怎么办？背后是大山，无路可退；前面是一片长满金黄色谷子的稻田，如果从稻田里突围，那将踏倒多少稻谷，必定损害群众利益。

方永乐毅然下了命令：从稻田里穿过，往安庆方向突围。霎时田野上响起了一阵阵沙沙的急促脚步声，一片片稻谷就在我们脚旁倒下、踩烂。方永乐边行走边关照：记住这个地方，记住这一片稻田，回头给老百姓赔偿，不能违反群众纪律。

不久，我们又经过这里，如价赔偿了这一片稻谷的损失，受到了当地群众的赞扬。

1936 年 5 月初，张国焘"肃反"余毒在边区仍未彻底纠正，高敬亭错误地对方永乐产生了怀疑，并停止了方永乐的职务。5 月中旬，红二十八军向麻城地区转移，14 日上午 8 点左右，部队进至护儿山东北的雾露塘坳口，遭敌一〇三师三团三营的堵击，而且我军后面还有追敌，当时情况十分危急，不迅速抢占制高点，部队突围困难，方永乐为了部队的安全转移，主动请示高敬亭，要求允许他带领手枪团三分队，抢占雾露塘坳口制高点，担负掩护主力转移的任务。在这紧要关头，方永乐像离弦之箭，率领部队向制高点冲击，奔向这个关系着全军生死存亡的山头，也是攀登他生命中的最后一个高度，我们终于抢先占领了制高点，向着蜂拥而来的敌人猛烈开火，打退敌人接连数次的进攻，使主力得以安全转移。

主力转移后，我们边打边撤，沿蛇尾沟方向撤出战斗。不料这时候，山下敌人碉堡里的火力，突然击中了方永乐，我们几个战士把他抢下火线，抬到了坳口，方永乐同志生命已经垂危。

天在旋，地在转，我手枪团战士抱着方永乐同志连声呼唤："小师政委！小师政委！"但回答我们的是空谷回声，松涛呼啸。"小师政委"永远离开我们了！他再也不能和我们一起去抢悬崖上的红旗，再也不能率领我们驰骋群山、作战杀敌。我们将永远看不到他那时而庄重时而活泼的神情，听不见他那时而严厉时而亲切的声音。我们永远失去了他给予我们的兄弟般的深情厚爱。同志们悲痛地呼喊着："小师政委，小师政委，我们不能没有你，部队不能没有你啊！"

高敬亭同志见到方永乐同志的遗体，一下把他抱在怀里，为失去了自己的得力助手而悲痛欲绝。"小师政委"牺牲的噩耗，直到晚上，他才向全体战士公布。这时全军陷入了一片悲悼之中，这支军队能够肩负鄂豫皖边区三年游击战争的重大使命，但却难以承受失去一位出色指挥员的悲痛。直到今天，红二十八军的老同志，一提起"小师政委"的名字，余痛犹在，悲从中来。

方永乐同志在党的指引和培育下，从一个农家少年成长为一个无产阶级的坚强战士、红军的优秀指挥员。他不断攀登生命中一个又一个高度，为党为人民无私地献出了自己的一切，我们将永远怀念他。